© privat

Christian Bieniek lebt als freier Schriftsteller in Düsseldorf und schreibt Geschichten für Kinder und Erwachsene. Weitere Informationen zum Autor können unter bieniekmail@aol.com angefordert werden.
In der Fischer Schatzinsel sind von ihm bereits ›Hilfe! Ich hab ein Pferd!‹ (Bd. 80333), ›Oberschnüffler Oswald‹ (Bd. 80338), ›Oberschnüffler Oswald und die Tütenbande‹ (Bd. 80363), ›Oberschnüffler Oswald jagt den Weihnachtsmann‹ (Bd. 80360), ›Oberschnüffler Oswald und das gestohlene Herz‹ (Bd. 80469) sowie die Jugendbücher ›Lacki Sisters – und ob!‹ (Bd. 80434), ›Knutschen erlaubt!‹ (Bd. 80500), ›15, Jungfrau, Schlampe‹ (gebunden) und ›Switch!‹ (gebunden) erschienen.

Kerstin Meyer wurde 1966 in Wedel bei Hamburg geboren. Nach dem Abitur studierte sie Illustration an der Fachhochschule für Gestaltung in Hamburg. Seit ihrem Diplom 1993 arbeitet sie als freie Illustratorin für verschiedene Kinderbuchverlage und für das Fernsehen.

Kerstin im Koffer. Stinklangweilige Ostseeferien? Denkste! Zuerst hat Kerstins Mutter eine Kreuzfahrt in die Karibik für die ahnungslose Oma gewonnen. Und dann besteht Omas Kofferinhalt plötzlich aus Kerstin statt aus Kleidern, was Oma noch viel weniger ahnt. – Tja, jetzt geht's rund an Bord der »MS Hermes«! Als blinder Passagier schlägt Kerstin allen möglichen Leuten ein Schnippchen, ein ungewöhnlicher Junge namens Hugo und ein kleiner Hund leisten ihr dabei Gesellschaft, und bei all dem kommt ihr beinahe der Schiffsdetektiv auf die Schliche…

Unsere Adresse im Internet: www.fischerschatzinsel.de

Christian Bieniek

Kerstin im Koffer

Mit Vignetten von Kerstin Meyer

Fischer Taschenbuch Verlag

Für Norman A. Matt

Fischer Schatzinsel
Herausgegeben von Eva Kutter

2. Auflage: Oktober 2004

Veröffentlicht im Fischer Taschenbuch Verlag,
einem Unternehmen der S. Fischer Verlag GmbH,
Frankfurt am Main, Mai 2003

Lizenzausgabe mit freundlicher Genehmigung
der Patmos Verlagsgruppe, Düsseldorf

Satz: Pinkuin Satz und Datentechnik, Berlin
Druck und Bindung: Clausen & Bosse, Leck
Printed in Germany
ISBN 3-596-80435-3

Nach den Regeln der neuen Rechtschreibung

Kerstin im Koffer

Das Ende

Wisst ihr, dass man sich ganz schön einsam fühlt, wenn man mitten in der Nacht mutterseelenallein in einem kleinen Rettungsboot auf dem Karibischen Meer rumschaukelt?
Am Himmel haben sich sämtliche Sterne des Weltalls versammelt und schauen neugierig auf mich herunter. Ich würde die Beleuchtung aus dem All gerne ausknipsen, aber leider gibt's keinen Schalter dafür. Wenn es stockdunkel wäre, hätten mich die Haie vielleicht nicht so schnell entdeckt …
Nein, ich hab nichts gegen Haie. Es macht mir Spaß, sie anzugucken – jedenfalls im Fernsehen. Bloß, von nahem und ohne Mattscheibe dazwischen sind sie nicht besonders niedlich. Immer dichter ziehen die Viecher ihre Kreise um das Boot. Klar. Ich wäre ein echter Leckerbissen für sie, denn zehnjährige Mädchen aus Düsseldorf stehen bestimmt nur selten auf ihrer Speisekarte.

Hier in der Karibik hängt der Himmel viel niedriger als bei uns daheim, finde ich. Ich könnte glatt aufstehen, mich auf die Zehenspitzen stellen und ein paar Sterne pflücken. Aber das lasse ich schön bleiben, sonst würde das Boot zu sehr wackeln. Ich vermeide die kleinste Bewegung und wage nicht mal, mich an der Nasenspitze zu kratzen, obwohl es mich dort grade höllisch juckt. Nicht auszudenken, wenn das Boot kentern und ich im Wasser landen würde!

Steif wie mein eigenes Denkmal hocke ich also auf dem schmalen Sitzbrett. Überall hab ich Gänsehaut, sogar zwischen den Zehen. Dabei könnte ich jetzt friedlich in Tante Erikas Haus an der Ostsee im Bett liegen und meiner Cousine Heidrun beim Schnarchen zuhören! Aber nein, ich musste mich ja unbedingt an Bord dieses riesigen Kreuzfahrtschiffs schmuggeln, auf dem ich über den Atlantik getuckert bin.

Im Moment glaube ich kaum, dass ich nochmal was gegen Ferien an der Ostsee sagen werde. Dort – im Gegensatz zur Karibik – drohen mir nur zwei Gefahren: Ich kann auf eine Qualle treten oder vor Langeweile verrückt werden.

In etwa 20 Meter Entfernung reißt ein Hai seine große Klappe auf. Weil ich keine Lust habe, seine Beißerchen zu zählen, schließe ich die Augen. Als ich sie wieder öffne, weiß ich immerhin, wer im nächsten Schuljahr den spannendsten Aufsatz über ein Ferienerlebnis abliefern wird – falls ich dieses Erlebnis einigermaßen heil überstehe. Und das dürfte der längste Aufsatz meines Lebens werden! Denn um zu erklären, wie ich hier im Rettungsboot in der Karibik gelandet bin, muss ich auch von dem Preisausschreiben erzählen, das Oma gewonnen hat, ohne daran teilgenommen zu haben. Und von Conchita und ihrer schönen Stimme. Und von dem Taxifahrer in Lissabon, ohne den Tabea und ich …

Aber ich sollte die Geschichte lieber schön der Reihe nach erzählen, stimmt's? Und darum kommt jetzt nach dem Ende …

Der Anfang

Es ging los an einem ganz normalen Samstagvormittag in Düsseldorf am Rhein. Mein Vater war in der Küche und schnitt Wirsing, Porree und anderes Grünzeug für seinen berühmten Gemüseeintopf. Meine Mutter hatte sich mit einer Spraydose bewaffnet und machte im Badezimmer Jagd auf Silberfische. Und ich saß an meinem Schreibtisch und bohrte in der Nase. Eigentlich sollte ich mein Zimmer aufräumen, aber ich konnte mich nicht entscheiden, womit ich anfangen sollte. Mit den Strümpfen unterm Bett? Oder mit dem T-Shirt auf der Lampe? Oder mit den Apfelsinenschalen auf der Heizung? So ein Mist, dass meine Eltern nicht kapierten, wie sauwohl ich mich in meinem Schweinestall fühlte!

Ich bohrte und bohrte, obwohl ich wusste, dass meine Nase genauso leer war wie meine Spardose. Aber bei der Popelei konnte ich so schön vor mich hinträumen.

Ich träumte gerade von den Rollerskates, die meine Freundin Jutta zwei Tage vorher als Belohnung für einen tollen Aufsatz bekommen hatte. Ich kriege nie was für meine guten Noten, weil mein Vater viel weniger verdient als der von Jutta. Und darum, das wusste ich, würde ich auf ein Paar eigene Skates warten müssen, bis der Weihnachtsmann wieder in den roten Bademantel schlüpfte, sich drei Kilo Zuckerwatte ans Kinn klebte und die Rentiere aus der Garage holte. Was für eine endlos lange Zeit bis dahin!
Immerhin hatte Jutta mir versprochen, mir die Skates in den Sommerferien auszuleihen. Auf den Malediven, wo sie mit ihren Eltern Urlaub macht, kann sie nichts mit den Dingern anfangen, denn dort gibt's nur Sand.
Es klingelte.
»Machst du auf, Kerstin?«, rief meine Mutter aus dem Badezimmer.
Ich zog den Finger aus der Nase, ging in den Flur, drückte auf den Summer und öffnete die Tür. Kurz darauf stapfte Oma die Treppe hoch. Ihre Miene war so grimmig, als hätte ihr Dackel beim Frühstück in den Toaster gepinkelt.
»Ist was passiert, Oma?«, fragte ich.
»Allerdings«, brummte sie und schloss die Tür hinter sich. »Wo steckt deine Mutter?«
»Die bringt gerade jemanden um.«
»Aha. Dein Vater ist ihr wohl zu sehr auf die Nerven gegangen, was?«

»Quatsch! Sie erledigt nur ein paar Silberfische.«
Meine Mutter kam aus dem Badezimmer und fragte Oma verwundert: »Was machst du denn hier um diese Zeit? Hast du in der Nähe was zu erledigen? Komm doch rein!«
Wir gingen ins Wohnzimmer. Oma wohnt zwar in Neuss, also ganz in der Nähe, aber erstaunlich war es schon, dass sie so einfach reinschneite. Seitdem sich nämlich mein Vater mal über ihre häufigen Überraschungsbesuche aufgeregt hat, taucht sie nie mehr ohne Voranmeldung auf. Sie und mein Vater sind wie Hund und Katze. Am meisten hasst er an Oma, dass sie besser Skat spielen kann als er. Und Oma mag nicht an ihm, dass man ihm jedes Wort aus der Nase ziehen muss. Er ist wirklich ein unheimlich schweigsamer Mensch. Ich habe manchmal den Verdacht, dass er morgens beim Zähneputzen Klebstoff statt Zahnpasta benutzt und deshalb kaum den Mund aufkriegt.
Oma hatte sich aufs Sofa gesetzt und warf meiner Mutter einen finsteren Blick zu.
»Ist irgendwas?«, erkundigte sich meine Mutter.
»Kann man wohl sagen. Was hast du dir dabei gedacht?«
»*Wo*bei?«, fragte Mutter harmlos zurück.
»Jetzt tu nicht so, als könntest du dich nicht erinnern«, schimpfte Oma. »Hast du die Karte abgeschickt oder nicht?«
»Welche Karte?«

»Die Postkarte mit der Lösung.«
»Mit welcher Lösung?«
Ich schaute von Oma zu Mutter und wieder zurück und kam mir vor wie eine Zuschauerin beim Tennis.
»Hast du bei einem Preisausschreiben mitgemacht, ja oder nein?«, fragte Oma.
»Du weißt doch, dass ich fast jede Woche bei irgendwas mitmache.«
»Ich aber nicht. Und trotzdem hab *ich* was gewonnen.«
»Im Ernst? Was denn?«
»Eine Kreuzfahrt in die Karibik.«
Meine Mutter riss die Augen auf. »Wie bitte?«
Sie klatschte in die Hände und rief. »Bertram! Komm mal ganz schnell her!«
Mein Vater erschien mit Schürze und Petersilienfingern im Wohnzimmer und sah sich fragend um.
»Stell dir vor: Oma hat eine Kreuzfahrt gewonnen!«, verkündete meine Mutter freudestrahlend. »Was sagst du dazu?«
»Hm, prima«, murmelte er, und das war der längste Satz, den ich seit zwei Tagen von ihm gehört hatte.
»Wieso hast du, bitte schön, eine Karte auf meinen Namen eingeschickt?«, wollte Oma von ihrer Tochter wissen.
»Ach«, sagte meine Mutter fröhlich, »bei manchen Preisausschreiben schicke ich mehrere Postkarten ab, dann sind die Gewinnchancen größer. Mein Gott, eine Kreuzfahrt in die Karibik! Das wird bestimmt die

schönste Reise, die du je gemacht hast. Warum guckst du denn so? Freust du dich etwa nicht?«

»Sonst noch was?«, polterte Oma los. »Meine Nachbarin hat so was schon mal mitgemacht, und es war einfach furchtbar! Auf dem Schiff gab's nur uralte Leute, die stundenlang über ihre Krankheiten quatschten. Und zu jedem Abendessen musste man sich auftakeln wie zu 'ner Hochzeitsfeier. Und jetzt darf ich mein Sparbuch plündern, um mir dafür neue Kleider zu kaufen.«

»Weißt du was? Wenn du keine Lust hast, dann lass mich doch die Kreuzfahrt machen«, schlug meine Mutter vor. Ein breites Grinsen erschien auf Omas Gesicht, während sie sagte: »Das könnte dir so passen!«

***

In den nächsten Wochen träumte ich beim Popeln nur noch von dieser Kreuzfahrt. Wie gern wäre ich dabei gewesen! Stattdessen drohte mir – wie jedes Jahr – ein gähnend langweiliger Urlaub an der Ostsee. Und den würde ich wohl wieder hauptsächlich auf dem Klo verbringen, dem einzigen Ort, an dem man vor meiner Cousine Heidrun und ihren 1000 Puzzles sicher sein kann. Sie will den ganzen Tag mit mir puzzeln, wenn ich da bin, und sie kapiert einfach nicht, dass es spannendere Beschäftigungen gibt.

Am vorletzten Schultag bummelte ich dann mit meiner besten Freundin Jutta durch die Altstadt. Obwohl wir gerade ein Rieseneis verputzt hatten, schlurften wir bedrückt nebeneinander her. Schuld daran war unsere bevorstehende Trennung: In drei Tagen flog Jutta mit ihren Eltern auf die Malediven. Und bei mir waren vier Wochen Ostsee angesagt. Einen endlosen Monat lang würden wir beide, die sonst unzertrennlich waren, uns schrecklich vermissen!

Jutta steuerte auf das Schaufenster eines Reisebüros zu. Dort hing ein großes Poster, das eine Malediven-Insel zeigte.

»Sieht nicht übel aus«, murmelte ich.

Jutta stieß einen Seufzer aus. Ich legte einen Arm um ihre Schulter, küsste sie auf die Backe und sagte: »Na ja, vier Wochen sind keine Ewigkeit.«

Wir grinsten uns an, aber es war kein besonders fröhliches Grinsen. Dann gingen wir weiter.

Jutta fragte: »Was macht man eigentlich an der Ostsee, wenn's dort regnet?«

»Erinnere mich bloß nicht an diesen blöden Urlaub«, stöhnte ich. »Wenn ich daran denke, kommt mir das Eis hoch. So ein Mist, dass ich nicht mit Oma in die Karibik fahren kann!«

»Fängst du schon wieder damit an?« Jutta schüttelte den Kopf. »Du weißt doch, dass der Gewinn nur für eine Person ist. Oder willst du dich vielleicht als blinder Passagier aufs Schiff schmuggeln?«

Ich riss die Augen auf und blieb wie angewurzelt stehen. »Mensch, Jutta, das ist *die* Idee!«

Sie sah mich ungläubig an. »Spinnst du? So was funktioniert doch nur im Kino.«
»Wieso? Ich lasse mich einfach von Oma als Gepäck mitnehmen. Wetten, dass ich in einen großen Koffer reinpasse?«
»Klar«, sagte Jutta, »wenn du dir vorher Arme und Beine absägst.«
Ich packte sie am Arm. »Los, komm!«
Auf dem Weg ins nächste Kaufhaus erklärte mich Jutta für vollkommen übergeschnappt. Trotzdem machte ich mich unbeirrt auf die Suche nach der Kofferabteilung. Und nachdem wir dort angekommen waren, dauerte es nicht lange, bis ich genau das richtige Stück entdeckte.
»Das ist er!«, verkündete ich triumphierend und zeigte auf einen wirklich riesigen Koffer, der auf vier stabilen Rädern stand.
»Kann ich euch helfen?«, fragte uns eine dicke Verkäuferin.
Ich nickte. »Wir sind an diesem Koffer interessiert. Wo, bitte, ist die Umkleidekabine?«
»Die *was*?«
»Ich muss doch probieren, ob mir das Ding passt. Aber das kann ich eigentlich auch hier machen.«
Ich öffnete die beiden Schlösser und kletterte in den Koffer hinein.
Der Verkäuferin fiel das Dreifachkinn auf die Brust.
»Mach mal zu«, bat ich Jutta.

Sie verschloss den Koffer. Zugegeben, sehr bequem fand ich ihn nicht. Das einzige, was ich da drin noch bewegen konnte, waren die Augen. Aber ich konnte mich komplett darin verstauen, und das war die Hauptsache.
»Komm sofort da raus!«, bellte die Verkäuferin und riss die Kofferhälften auseinander.
Ich kletterte ins Freie und fragte: »Gibt's den vielleicht noch eine Nummer größer?«
»Verschwindet bloß, sonst könnt ihr was erleben!«
»Vielen Dank für die Bedienung«, sagte Jutta höflich. Dann trabten wir eilig in Richtung Rolltreppe.
Draußen auf der Straße meinte Jutta: »Aber – wie willst du deine Oma dazu bringen, den Koffer zu kaufen?«
»Kein Problem. Sie braucht sowieso einen neuen.«
»Du bist verrückt, Kerstin. Das klappt nie im Leben. Du kannst doch nicht lange in dem engen Ding sitzen.«
»Hast du 'ne Ahnung! Um den Ferien an der Ostsee zu entgehen, würde ich mich sogar in eine Handtasche reinquetschen.«

***

Einen Tag danach besuchte ich meine Oma, um ihr mein Zeugnis zu zeigen und die Belohnung dafür zu kassieren: einen dicken Kuss auf die Stirn. Bei dieser

Gelegenheit schwärmte ich ihr von dem Koffer vor, den ich ganz genau beschrieb.

»Mit Rädern unten dran?«

»Ja. Du brauchst ihn gar nicht zu heben, Oma, du kannst ihn einfach hinter dir herziehen.«

»Ist er auch groß genug?«, wollte Oma wissen.

»Natürlich!«, sagte ich. »Da passt jede Menge rein.« Sogar zusammengefaltete Mädchen, die unbedingt in die Karibik wollen, fügte ich in Gedanken hinzu, aber das sagte ich lieber nicht laut.

Tatsächlich machte sich Oma wenig später mit mir und meiner Mutter auf den Weg ins Kaufhaus, um sich den Koffer anzugucken. Damit ich nicht von der Verkäuferin wiedererkannt würde, hatte ich mich mit meiner Sonnenbrille getarnt und meine langen braunen Haare zu zwei Zöpfen geflochten. Nun bereitete ich den nächsten Schritt meiner (zugegeben, total unmöglichen) Aktion vor: Während Oma den Koffer untersuchte, schnappte ich mir einen Rucksack und fummelte an dem aufgeklebten Preisschild herum. Zum Glück war die Verkäuferin an der Kasse mit anderen Kunden beschäftigt.

»Wirklich prima, dieser Koffer«, meinte Oma. »So einen wollte ich schon immer haben. Aber der ist bestimmt nicht billig. Lass mal sehen, was er kostet. O – 145 Euro! Nein, das ist mir zu viel. Schade.«

»Vielleicht musst du mal wieder zum Augenarzt, Oma.« Blitzschnell überklebte ich das Preisschild auf

dem Koffer mit dem vom Rucksack. »Guck mal genau hin. Er kostet nur 55 Euro.«
»Wie bitte? Stimmt, du hast Recht. Für diesen Preis ist er ja fast geschenkt!«
Sofort schob sie den Koffer zur Kasse. Dort fragte sie leider die Verkäuferin: »Ist der gerade im Angebot?«
»Wieso?«
»Na, weil er so billig ist.«
Die Verkäuferin warf einen Blick aufs Preisschild und machte ein verwirrtes Gesicht. »Das muss ein Irrtum sein. Augenblick, ich frage den Abteilungsleiter.«
Mir rutschte das Herz in den Rock. Ich stellte mir vor, wie gleich der Kaufhausdetektiv auftauchen und mich zur Polizei bringen würde, um dort meine Fingerabdrücke mit denen auf dem Preisschild zu vergleichen. Was tun? Plötzlich hatte ich die rettende Idee. Ich krümmte mich zusammen, hielt mir den Bauch und fing leise an zu stöhnen.
»Was ist los, Kerstin?«, fragte meine Mutter besorgt.
»Nichts«, antwortete ich mit schwacher Stimme. »Ich muss nur mal brechen, glaube ich.«
»Ach du Schreck! Komm, wir bringen dich schnell raus.«
»Ja. Aber kauft erst den Koffer. Da ist noch eine andere Kasse offen. Bitte beeilt euch!«
Die beiden sausten mit dem Monstrum auf vier Rädern zur nächsten Kasse, während ich ängstlich nach der Verkäuferin Ausschau hielt. Nachdem Oma bezahlt

hatte, verließen wir zusammen im Eiltempo das Kaufhaus.

»Und jetzt atme ein paar Mal ganz tief durch«, riet Oma. »Und? Wie fühlst du dich?«

»Etwas besser«, antwortete ich und wusste nicht, was größer war, meine Erleichterung oder mein furchtbar schlechtes Gewissen. »Es war wohl nur ein kleiner Schwindelanfall.«

***

Weitere drei Tage später hockte ich in der engen, muffigen Abstellkammer in Omas Wohnung und vertrieb mir die Zeit damit, meinen leeren Bauch zu massieren, damit er nicht so laute Geräusche von sich gab. Die Tüte Erdnussflips, die ich vor ein paar Stunden in Omas Wohnzimmer entdeckt hatte, war längst leergefuttert. Danach hatte ich mich nicht mehr getraut, mein Versteck zu verlassen, weil Oma jederzeit auftauchen konnte. Und jetzt knurrte mein Magen schon seit geraumer Weile munter vor sich hin. Ich hätte mir zwar die Fingernägel abbeißen können, aber die schmecken nur, wenn man sie vorher in Ketchup taucht. Dummerweise verstaut Oma nichts Essbares in dem Kabuff, sondern nur den Staubsauger und irgendwelchen Krimskrams, den sie nicht mehr gebrauchen kann, aber nicht wegschmeißen will.

Am Nachmittag hatte ich den Zweitschlüssel zu Omas

Wohnung aus unserer Küchenschublade stibitzt. Ich wusste, dass Oma ihren Dackel zu einer Freundin nach Leverkusen bringen wollte, die während der Kreuzfahrt für ihn sorgte. Ich konnte also problemlos in die Wohnung, um mich in der Abstellkammer zu verstecken. Am nächsten Morgen wollte ich dann kurz vor dem Aufbruch in den Koffer steigen, und danach konnte die große Reise losgehen – es sei denn, Oma käme vorher auf die Idee, sich von ihrem Staubsauger zu verabschieden, und würde mich dabei entdecken.

Ich griff nach der Taschenlampe, die ich zwischen dem Gerümpel gefunden hatte, und richtete den Lichtstrahl auf meine Armbanduhr. O nein, dachte ich, was ist bloß mit dem Minutenzeiger los? Anscheinend hatte er heute seinen faulen Tag, denn er rührte sich kaum von der Stelle. Vor einer Ewigkeit hatte ich zum letzten Mal auf die Uhr geschaut, und da war es zwanzig vor acht gewesen. Jetzt war es Viertel vor.

Zu Hause vermisste mich übrigens niemand, weil ich erzählt hatte, ich würde bei meiner Freundin Jutta übernachten. In Wirklichkeit war sie aber schon unterwegs zu den Malediven. Am Abend zuvor hatten wir beide noch eine richtige Abschiedsparty gefeiert mit Unmengen von Chips, Eiskonfekt, Erdnüssen und Lakritz. Wir lachten viel und heulten am Ende auch ein bisschen. Es fiel uns elend schwer, uns zu trennen. Nach einer allerletzten Umarmung rannte ich schließ-

lich weg und schniefte dann auf dem Heimweg drei Taschentücher voll.
Jutta wollte mich in der kommenden Woche bei meiner Tante an der Ostsee anrufen. Sie hielt es für unmöglich, dass mein Plan funktionierte. Immer wieder zählte sie auf, was dabei alles schief gehen konnte, aber ich hörte einfach nicht zu, um mich nicht entmutigen zu lassen. Jutta behauptete daraufhin, ich sei störrisch wie ein Esel. Im Augenblick allerdings hätte ich sie wohl eher an einen wütenden Dobermann erinnert, so laut knurrte mein Magen hier in Omas Abstellkammer. Und die Zeit kroch dahin wie eine Schlange auf Krücken ...
Nach zwei Millionen Stunden war es endlich soweit. Oma kam von ihrer Freundin zurück und ging duschen. Das macht sie jeden Abend, bevor sie sich ins Bett legt. Eine viertel Stunde später war es mucksmäuschenstill in der Wohnung.
Vorsichtshalber wartete ich noch ein Weilchen, ehe ich meine von zu Hause mitgebrachte Plastiktüte nahm, die Abstellkammer verließ und in die Küche schlich. Dort machte ich eine grauenvolle Entdeckung: Der Kühlschrank war abgetaut! Verzweifelt durchsuchte ich die Schränke nach Fressalien und fand Kekse, Schokolade, ein Glas Senf und eine Tüte Spaghetti. Mit diesen Schätzen unterm Arm begab ich mich auf Zehenspitzen ins Wohnzimmer und fing an zu futtern. Rohe Spaghetti sind nicht unbedingt mein Leibge-

richt, aber mit etwas Senf schmecken sie gar nicht so übel.
Nachdem ich die letzten Kekskrümel verputzt hatte, legte ich mich aufs Sofa und sagte mir eindringlich: Du darfst nicht einschlafen. Diesen Satz wiederholte ich in Gedanken so oft, bis ich eingeschlafen war.

***

Als ich am Morgen aufwachte, wusste ich erst gar nicht, wo ich war. Gähnend rieb ich mir die Augen. Plötzlich fiel mein Blick auf Omas Koffer, und mit einem Satz sprang ich vom Sofa und versteckte mich hinter einem Sessel. Nur Sekunden später kam Oma herein und verstaute ihren Kulturbeutel im Koffer.
Ich guckte auf die Uhr: halb neun. Beinahe hätte ich das größte Abenteuer meines Lebens verpennt! Jetzt musste ich handeln, bevor meine Mutter hier war, um Oma abzuholen. Und da klingelte es auch schon an der Tür.
Sobald Oma im Flur verschwunden war, nutzte ich blitzschnell meine Chance. Ich riss den Koffer auf und stopfte die ganzen Klamotten, die Oma so schön zusammengefaltet hatte, unters Sofa. Dann schnappte ich meine Plastiktüte, kletterte in den Koffer und hielt ihn von innen mit beiden Händen zu.
»Hast du alles eingepackt, was du brauchst?«, hörte ich meine Mutter fragen. Wenn Oma jetzt nein gesagt hätte, wäre ich geliefert gewesen.

»Jaja«, antwortete Oma und verschloss den Koffer.
»Ist er auch nicht zu schwer?«, erkundigte sich meine Mutter und versuchte mich hochzuheben.
»Meine Güte!«, staunte sie. »Was nimmst du denn alles mit? Du bist doch nur drei Wochen unterwegs und nicht drei Jahre!«
»Reg dich nicht auf«, sagte Oma. »So viel hab ich wirklich nicht eingepackt. Außerdem können wir das Ding ja rollen.«
Und das taten sie auch. Zuerst wurde ich in den Flur gezogen. Nachdem Mutter und Oma überprüft hatten, ob Strom, Wasser und Gas abgestellt waren, verließen wir die Wohnung. Danach rollten sie mich in den Aufzug. Unten mussten wir die drei Stufen vor der Haustür runter, über die ich so unsanft holperte, dass ich mich am liebsten beschwert hätte. Da das Ungetüm, in dem ich steckte, nicht in den kleinen Kofferraum unseres Autos passte, wurde ich schließlich auf den Rücksitz verfrachtet. »Hoffentlich hab ich mir keinen Bruch gehoben«, ächzte meine Mutter. Sie und Oma stiegen ein, und die Fahrt nach Bremerhaven konnte beginnen. Es war schrecklich eng und dazu stockdunkel in meinem Verlies, aber eigentlich fühlte ich mich ganz wohl – jedenfalls in den ersten Minuten. Dann fingen die Schmerzen an, zuerst in den Füßen, danach in den Armen, und nach kurzer Zeit tat mir alles weh, was einem wehtun kann. Außerdem rumorte es wie verrückt in meinem Bauch. Daran waren vermutlich die rohen

Spaghetti vom Abend zuvor schuld. Was für ein Jammer, dass ich in einem Koffer ohne eingebaute Toilette steckte!
Zum Glück verschwanden die Schmerzen allmählich, weil nach und nach sämtliche Glieder einschliefen. Dafür wurde mir auf einmal ganz komisch. Ich wollte tief durchatmen, aber irgendwie klappte das nicht. Schlagartig wurde mir klar, dass hier außer der Toilette noch was fehlte: die Klimaanlage. Ich bekam kaum noch Luft! Es gab nur zwei Möglichkeiten, ersticken oder um Hilfe rufen. Fieberhaft dachte ich über eine dritte nach, und plötzlich hatte ich die Lösung: Omas Wohnungsschlüssel in meiner Hosentasche.
Nur, wie sollte ich an ihn rankommen?
Ich machte eine heftige Bewegung. Oma und Mutter schrien auf. Der Koffer musste nach vorn gegen ihre Sitze gedonnert sein.
Das war's!, dachte ich und rechnete damit, gleich Omas erschrockenes Gesicht über mir auftauchen zu sehen. Vor lauter Angst, entdeckt zu werden, vergaß ich sogar zu atmen. Doch der Koffer wurde zurechtgerückt, ohne dass irgendwer nachschaute, warum er so beweglich war.
Meine rechte Hand befand sich jetzt in der Nähe der Hosentasche. Mit steifen Fingern schaffte ich es tatsächlich, den Schlüssel zu angeln. Nun musste ich noch die Hand mit dem Schlüssel in die Nähe meines Gesichts bekommen. Im Stillen entschuldigte ich mich bei

Mutter und Oma und machte wieder eine heftige Bewegung. Der Koffer knallte – natürlich – gegen die Vordersitze.
»Sag mal, hat das Ding Beine?«, schimpfte Mutter.
Sie hievten den Koffer zum zweiten Mal an seinen alten Platz, und ich fing sofort an, mir ein Luftloch zu bohren, was erstaunlich gut klappte. Als die Öffnung groß genug war, presste ich meine Lippen drauf und atmete. Und das blieb während der restlichen Fahrt meine Hauptbeschäftigung. Puh!
Leider wurde mein irrsinnig gemütlicher Aufenthalt noch dadurch verlängert, dass wir in einen Stau gerieten.
»Wir hätten viel früher losfahren sollen«, hörte ich Oma meckern. »Jetzt wird's ganz schön knapp!«
In diesem Augenblick musste ich niesen.
»Gesundheit«, sagte meine Mutter.
»Ich habe nicht geniest«, entgegnete Oma.
»Wer denn sonst?«
»Vielleicht ist der Koffer erkältet.«
Sie lachten, und ich lachte ganz leise mit.
Schließlich sagte meine Mutter den schönsten Satz, den ich je von ihr gehört hatte: »In zehn Minuten sind wir da.«
»Hoffentlich! Sonst legt das Schiff ohne mich ab.«
Das Auto hielt. Ich wurde herausgehoben und plumpste auf die Straße. Der Abschied von Mutter und Oma verlief kurz und schmerzlos, denn der Wagen stand, wie

meine Mutter erklärte, im Halteverbot. Der Rest war dann nochmal ein echter Härtetest. Ächzend zerrte mich Oma über Kopfsteinpflaster. Von dem schrecklichen Gerumpel dröhnte mir der Schädel. Irgendwann hörte ich Möwengeschrei und dann viele Stimmen. Oma blieb stehen.

»Ach, unsere Gewinnerin«, sagte ein Mann. »Willkommen an Bord, Frau Metzler! Wir haben schon fast nicht mehr mit Ihnen gerechnet. Hier ist der Schlüssel zur Kabine 401 auf dem Pazifikdeck. Den Lift finden Sie dort hinten links.«

»Vielen Dank«, sagte Oma.

Kaum zu fassen: Wir waren an Bord. *Wir waren an Bord!* Wenn es nicht so eng gewesen wäre, hätte ich den Kopf geschüttelt, so unglaublich fand ich es, dass mein Plan tatsächlich funktioniert hatte. Jetzt musste Oma den Koffer nur noch so lange zu lassen, bis wir draußen auf See waren, damit sie mich nicht sofort wieder zurückschicken konnte.

Ein Lift brachte uns abwärts. Danach befanden wir uns offenbar auf einem Gang. Oma machte alle paar Meter halt.

»Aha, hier ist es«, murmelte sie irgendwann.

Sie schloss eine Tür auf, und kaum waren wir in der Kabine, da ertönte eine Sirene. Jetzt musste das Schiff ablegen.

Ostsee ade!, jubelte ich.

Meine letzte Prüfung bestand darin, zu warten, bis

Oma ihren Koffer auspackte. Entgegen meinen Erwartungen hatte sie es nämlich überhaupt nicht eilig damit. Ich war schließlich drauf und dran, dass ich mich von mir aus bemerkbar machen wollte, aber ich ließ das doch lieber bleiben, sonst wäre Oma vielleicht vor Schreck tot umgefallen. Und dann – endlich, endlich – war es soweit. Ich hörte das Klicken der Schlösser, und …

Nein, Oma schrie nicht, als statt ihrem Kulturbeutel mein Kopf zum Vorschein kam. Sie riss nur Mund und Augen auf.

»Hallo, Oma!«, sagte ich.

»Ich hab zu viel von meinen Kreislauftabletten geschluckt«, murmelte sie entgeistert.

»Nein, ich bin's wirklich.«

Das anschließende Schweigen kam mir länger vor als die Fahrt von Düsseldorf nach Bremerhaven. Mehrmals öffnete Oma den Mund, um was zu sagen, aber ihr fehlten anscheinend die Worte. Und ich hielt erst mal die Klappe und wartete ab. Immer wieder schüttelte Oma mit ungläubiger Miene den Kopf. Zuletzt holte sie ganz tief Luft und fragte: »Warum kommst du nicht da raus?«

Aus einem einfachen Grund: weil ich kein einziges Glied mehr bewegen konnte. Aber ich nahm meine ganze Energie zusammen und kroch in Zeitlupe aus dem Koffer, wobei meine Gelenke knackten wie verrückt.

Oma berührte meinen linken Arm. Erst dann schien sie überzeugt zu sein, dass sie keine Fata Morgana vor sich hatte.
»Wo sind meine Sachen?«, wollte sie wissen.
»Unter deinem Sofa.«
»*Was?!* All die schönen Kleider, die ich mir extra für die Kreuzfahrt gekauft habe? Kannst du mir mal verraten, wer dich auf diese irre Idee gebracht hat?«
»Die Ostsee«, antwortete ich kleinlaut.
»Und du? Was hast du dir zum Anziehen mitgenommen?«
Ich holte meine Plastiktüte aus dem Koffer.
»Ist da deine Unterwäsche drin?«, fragte Oma.
»Nicht direkt«, antwortete ich vorsichtig und präsentierte Oma die Rollerskates von Jutta.
Oma sank aufs Bett. Und dann fing sie an zu lachen und hörte nicht mehr auf damit. Und ich ließ die Rollerskates fallen und lief dorthin, wohin ich mich schon seit Ewigkeiten sehnte – aufs Klo.

Clever in Dover

Nachdem wir uns in der Kabine umgeschaut hatten, machte sich Oma mit mir zusammen auf die Suche nach einem Telefon, um meinen Vater im Büro anzurufen.
»Was wirst du ihm denn sagen, Oma?«, löcherte ich sie.
»Dass er dich im nächsten Hafen abholen soll.«
»Das ist nicht dein Ernst, oder?«
Von Oma kam keine Antwort, aber mir entging nicht, dass ein Grinsen über ihr Gesicht huschte.
Neben dem Lift hing ein großer Plan, der einem zeigte, was wo auf dem Schiff zu finden war. Dort standen auch jede Menge Informationen. So erfuhr ich, dass die »MS Hermes« ein Fünf-Sterne-Luxusschiff war und Platz für 600 Passagiere und 300 Besatzungsmitglieder hatte. Sie war 200 Meter lang und hatte 13 Etagen, die man hier Decks nannte. Es gab Bars, Geschäfte, ein Fitnessstudio, ein Squashcenter, eine Sauna, ein Theater, ein Hospital und mehrere Swimmingpools.

»Das ist ja komplizierter als der Stadtplan von Paris«, stöhnte Oma. »Ich werde mich bestimmt dauernd verlaufen.«
»Kann ich Ihnen helfen, gnädige Frau?«, fragte eine Stimme hinter uns. Wir drehten uns um. Ein blonder junger Mann in Uniform lächelte uns an.
»Ich bin einer der Stewards auf diesem Deck«, stellte er sich vor.
»Und ich bin Frau Metzler«, sagte Oma und streckte die Hand aus. Der Steward runzelte die Augenbrauen, ehe er die Hand nahm und sie schüttelte.
Oma zeigte auf mich. »Das hier ist meine Enke – aua!« Ich musste sie leider in die Hüfte kneifen, um sie am Weiterreden zu hindern.
»Gibt's hier kein Telefon?«, erkundigte ich mich schnell beim Steward, um ihn von Oma abzulenken.
»Natürlich, auf dem Oberdeck, also drei Decks höher.«
»Danke«, erwiderte ich höflich und schob Oma in den Aufzug.
»Warum hast du mich gekniffen?«, knurrte sie.
»Damit du dem Steward nicht verrätst, dass ich deine Enkelin bin! Spätestens morgen weiß er doch, dass du in einer Einzelkabine wohnst. Und dann würde er sich bestimmt fragen, wo ich denn penne.«
»Bist du sicher, dass du morgen noch an Bord bist?«
»Willst du Vati wirklich sagen, dass er mich abholen soll? Bitte nicht, Oma!«

Sie schwieg vor sich hin.
Sobald wir auf dem Oberdeck angekommen waren, steuerte sie auf ein Telefon zu. Sie steckte ihre Karte in den Schlitz und wählte. Ich schaute sie flehend an, aber ihre Miene blieb unergründlich. Bei Oma weiß man nie so genau, woran man ist. Vor lauter Nervosität benutzte ich meine Unterlippe als Kaugummi.
»Hallo, hier ist deine Schwiegermutter«, meldete sich Oma, als Vater den Hörer abhob. »Ich rufe vom Schiff aus an. Ja, es ist alles in Ordnung. Na ja, das heißt, es gab da ein kleines Problem mit dem Koffer. Da waren nämlich nicht meine Sachen drin, sondern deine Tochter. – Hallo, bist du noch dran? Ich sagte, Kerstin ist hier. Sie hatte sich im Koffer versteckt. – Wann sie nach Hause kommt?«
Ich hielt die Luft an.
»In drei Wochen«, sagte Oma und zwinkerte mir zu. »Ihr müsst ohne sie an die Ostsee fahren. – So, und jetzt kaufen wir uns was zum Anziehen. Hier an Bord gibt's ja alles. – Ja, ich melde mich wieder. Tschüs!«
Oma legte auf. Überglücklich fiel ich ihr um den Hals und drückte ihr einen Kuss auf die Backe.
»Was hat mein Vater denn gesagt?«, fragte ich dann.
»Nichts. Er war absolut sprachlos.«
»Wie immer«, meinte ich grinsend.

***

Leider fanden wir auf dem Schiff kein Kleid für Oma. Die Klamotten, die hier verkauft wurden, waren so teuer, dass Oma sich höchstens eine Badekappe hätte leisten können.
»Gibt's eigentlich nur reiche Leute an Bord?«, fragte ich Oma leise, als wir die Boutique verließen.
»Vermutlich«, seufzte sie. »In den billigsten Kabinen kostet diese Kreuzfahrt 5000 Euro pro Person. Und wenn man in einer so genannten Suite wohnt, muss man über 15 000 bezahlen. Man muss schon ziemlich wohlhabend sein, wenn man so viel Geld für einen dreiwöchigen Urlaub ausgeben kann.«
»Und wo kriegen wir nun was zum Anziehen her?«, wollte ich wissen.
Oma zuckte mit den Achseln. »Heute Abend muss ich eben dieses Kleid anlassen. Und morgen sehen wir weiter.«
Sie gähnte. »Jetzt brauche ich erst mal meinen Mittagsschlaf.«
Sie blieb vor dem Aufzug stehen und drückte auf den Knopf.
»Darf ich mich solange auf dem Schiff umgucken, Oma?«
Oma warf mir einen strengen Blick zu. »Aber mach ja nicht noch mehr Blödsinn«, sagte sie. »Ehrlich gesagt wird mir ziemlich mulmig bei dem Gedanken, dass du wochenlang als blinder Passagier hier auf dem Schiff rumgeistern willst. Am liebsten würde ich zum Kapi-

tän gehen und ihm verraten, dass du an Bord bist. Aber dann müsste ich bestimmt die Reise für dich bezahlen, und das kann ich mir nicht leisten. Schön blöd, die ganze Situation.«

»Tut mir Leid«, meinte ich mit gesenktem Kopf.

Oma stieß einen Seufzer aus. »Pass auf, dass du dich nicht verläufst«, warnte sie mich. »Und hol mich in einer Stunde in der Kabine ab.«

Damit verschwand sie im Aufzug – und ich rannte, so schnell ich konnte, die Treppe zum Sonnendeck rauf. Oben hielt ich mich mit beiden Händen an der Reling fest, damit mich der Wind nicht über Bord wehte, und schaute mich um. Am Himmel türmte sich ein Wolkengebirge, hinter dem sich die Sonne versteckte. Möwen flatterten um unser Schiff herum, dessen Name auf jedem Rettungsring stand. Wir waren noch nicht sehr weit vom Festland entfernt. Aber am nächsten Tag würde die »MS Hermes« in England anlegen, am übernächsten in Frankreich, danach in Spanien und Portugal. Und nach der Fahrt über den Atlantik würden wir schließlich die Karibik erreichen. Innerhalb von drei Wochen würde ich mehr Länder sehen als in den letzten zehn Jahren zusammen!

Zufrieden ging ich zum Swimmingpool, der genauso leer war wie die Liegestühle drum herum. Wahrscheinlich waren die meisten Passagiere noch damit beschäftigt, ihre teuren Sachen in die Schränke zu hängen.

Ich ließ mich in einem Liegestuhl nieder, steckte einen Finger in die Nase und fing an, vor mich hinzuträumen. Die ulkigen Gebilde am Himmel veränderten sich ständig. Nach einer Weile tauchten dann die ersten Leute auf. Sie stellten sich kurz an die Reling, nahmen den Pool in Augenschein und verschwanden wieder. Ich beobachtete sie der Reihe nach und wunderte mich. Die jüngsten von ihnen waren in Omas Alter, also Anfang 60. Hätte das Schiff womöglich ganz anders heißen müssen – »MS Seniorenheim«?
Nein, nicht ganz, stellte ich ungefähr eine halbe Stunde später fest, denn da erschien ein Junge auf dem Sonnendeck. Aber – meine Nerven – wie sah denn der Kerl aus? Er trug eine weiße Hose mit Bügelfalte, einen roten Rolli dazu und eine blaue Jacke mit goldenen Knöpfen. Trotz des starken Windes bewegte sich kein Härchen auf seinem Kopf. Er hatte sich wohl ein Kilo Gel in die Haare geschmiert. So einen geschniegelten Jungen hatte ich noch nie gesehen!
Bevor er sich mit den Ellbogen auf die Reling stützte, wischte er zweimal mit der Handfläche drüber. Seltsam, höchst seltsam. Was mich außerdem stutzig machte, war seine griesgrämige Miene. Freute er sich denn kein bisschen darüber, auf einem tollen Schiff um die halbe Welt zu fahren?
Plötzlich fing seine Hose an zu klingeln. Er griff in die Tasche, brachte ein Handy zum Vorschein und quatschte rein. Grässlicher Angeber!, dachte ich,

machte die Augen zu und ließ mich von den Sonnenstrahlen wärmen, die sich in diesem Moment durch die Wolken mogelten. Als ich nach einer Weile wieder zur Reling schielte, war der Knabe verschwunden. Es war sowieso Zeit, Oma abzuholen, wie mir ein Blick auf die Uhr sagte. Also machte ich mich auf den Weg hinunter zum Pazifikdeck.

Oma lag noch auf dem Bett.

»Na? Gut geschlafen?«, fragte ich sie.

»Ich hab kein Auge zugetan«, behauptete sie.

»Wieso nicht?«

»Rate mal«, knurrte sie und stand auf. »Ich hab mir den Kopf darüber zerbrochen, wo wir beide was zum Anziehen herkriegen. Wenn wir uns morgen in Dover neu einkleiden, bin ich mein ganzes Geld los.«

»Dann behalt es lieber«, sagte ich. »Die anderen Leute an Bord haben doch mehr als genug davon. Die werden uns schon was abgeben.«

»Das ist ein Luxusdampfer und kein Wohltätigkeitsverein.«

»Lass mich mal machen!«, sagte ich voller Überzeugung. »Mir fällt schon was ein. Mir fällt doch *immer* was ein.«

»Leider«, meinte Oma mit einem grimmigen Blick auf den Koffer.

***

Zum Abendessen im Speisesaal gingen Oma und ich getrennt, weil niemand wissen durfte, dass wir zusammengehörten. Aus demselben Grund durften wir uns auch nicht gemeinsam an einen Tisch setzen. Ich blieb am Eingang stehen und schaute mich um. Alle hatten sich so in Schale geschmissen, dass ich mir vorkam wie auf einer Modenschau. Die Damen klapperten um die Wette mit ihren Armbändern und Halsketten. Nachdem alle Platz genommen hatten, erspähte ich einen einzigen leeren Stuhl.
»Ist der noch frei?«, fragte ich die fünf Leute am Tisch. Sie nickten. Eine Dame mit riesigen Ohrringen und unheimlich straffer Gesichtshaut schaute mich neugierig an. Als sie den Mund öffnete, um mich was zu fragen, bekam ich Angst, dass ihre Haut platzen könnte; doch erstaunlicherweise passierte nichts dergleichen. Die Dame wollte wissen, wo meine Eltern seien und warum ich mich nicht zu ihnen setzte.
»Weil die es nicht ertragen können, mich essen zu sehen«, behauptete ich. »Mein Vater meint, ich hätte meine Tischmanieren im Schweinestall gelernt. Aber keine Angst, ich werde mir Mühe geben und Sie nicht zu sehr bekleckern«, fügte ich schnell hinzu, weil mich die Dame ganz erschrocken anguckte.
Ein Kellner fragte, was ich trinken wolle. Ich bestellte eine Limo. Und schon ging das Essen los – aber was für eins! Ein Teller nach dem anderen wurde vor mich hingestellt: eine Suppe, eine Vorspeise, noch eine Vor-

speise, ein Hauptgericht und schließlich eine Nachspeise. Ich futterte, bis ich kurz vorm Platzen war. Dabei merkte ich, wie mir immer wieder besorgte Blicke zugeworfen wurden; aber ich ließ keine Krokette aufs Tischtuch rollen und spritzte nicht mit Soße durch die Gegend. Ich bombardierte nicht mal den dünnen Mann mir gegenüber mit Himbeeren.

»Und? Hat doch gut geklappt, oder?«, sagte ich freundlich zu ihm und wischte mir den Mund mit einer zwei Meter langen Serviette ab.

»Ich verstehe deine Eltern nicht«, meinte er stirnrunzelnd. »Meine Enkelin benimmt sich bei Tisch nicht annähernd so gut wie du.«

»Tja, das sollte eigentlich belohnt werden. Wie wär's mit 300 Euro?«, platzte ich heraus.

Alle lachten. Schade. Das wäre eine gute Gelegenheit gewesen, das Geld für Omas und meine neuen Kleider zu verdienen. Eben, beim Essen, hatten sich meine Tischnachbarn über ihre Pferde und Mietshäuser und Segeljachten unterhalten. Der Dünne hatte sich darüber beklagt, dass er sogar während der Kreuzfahrt alle paar Stunden mit seinen Finanzberatern telefonieren müsse. Wenn es so schlimm war, zu viel Geld zu haben, konnten sie mir doch ruhig was davon abgeben, oder?

Nachdem ich meine Limo ausgetrunken hatte, kreuzte der Kellner auf und hielt mir einen Zettel und einen Kuli vor die Nase. »Da muss deine Kabinennummer

und Unterschrift drauf«, erklärte er. »So zahlt man hier die Getränke.«
Aha. Ich nahm den Kuli, schrieb irgendeine Nummer hin und darunter einen völlig unleserlichen Namen.
Beim Aufstehen sagte die Dame mit der Trommelfellhaut: »Zeig mir doch mal deine Eltern, dann sage ich ihnen, wie großartig du dich benehmen kannst.«
»Ach, das würden die Ihnen niemals glauben«, entgegnete ich seufzend.
Die Dame strich mir über den Kopf und murmelte: »Armes Kind.«
Ich nickte betrübt vor mich hin, bis sie verschwunden war.

***

Kurz darauf stand ich wieder auf dem Sonnendeck. Der Wind war noch stärker als am Nachmittag und peitschte mir die Haare um den Kopf. Mit verschränkten Armen lehnte ich an der Reling. Es war so kühl, dass ich eine Gänsehaut bekam. Vom Festland war nichts mehr zu sehen. Am Himmel spielten dunkle Wolken Nachlaufen.
Dann hörte ich Schritte hinter mir und drehte mich um. Es war der geschniegelte Junge mit den Betonhaaren. Er stellte sich einige Meter von mir entfernt an die Reling und schaute aufs Meer. Zum Abendessen hatte er sich umgezogen. Nun trug er einen blauen Anzug,

ein weißes Hemd und eine Krawatte. Es fehlten nur die Mikros vor seinem Mund, dann hätte er glatt ausgesehen wie ein Politiker.
Eigentlich hatte ich keine große Lust, mit ihm zu reden. Aber er schien hier der einzige Passagier in meinem Alter zu sein. Über kurz oder lang würden wir uns sowieso miteinander abgeben müssen – also warum nicht jetzt gleich?
»Na?«, quatschte ich ihn an.
Er drehte den Kopf in meine Richtung und musterte mich.
»Na?«, meinte er, ohne eine Miene zu verziehen.
»Sieht ganz so aus, als wären wir zwei die Jüngsten hier an Bord, was?«
Er nickte. Ah, der schien ja genauso gesprächig zu sein wie mein Vater.
»Wird bestimmt 'ne tolle Kreuzfahrt«, sagte ich, weil mir nichts anderes einfiel.
»Hm«, erwiderte er. Anschließend guckte er wieder aufs Meer.
Dann eben nicht, dachte ich und wollte gerade gehen, als er mich plötzlich fragte: »Ist dir kalt?«
»Ein bisschen«, sagte ich.
Daraufhin zog er seine Jacke aus und legte sie mir um die Schultern. Ich war ziemlich platt. So viel Freundlichkeit hätte ich nie von ihm erwartet.
»Danke«, sagte ich. »Übrigens heiße ich Kerstin. Und du?«

»Hugo.«
»Wie bitte?«
»Hugo«, brummte er. »Ja, ich weiß, klingt ziemlich blöd. Ich würde auch gern anders heißen.«
»Wie wär's mit Hubertus?«
Ein anderer Junge hätte vielleicht darüber gegrinst, aber Hugo wusste anscheinend nicht, wie das geht.
»Ich heiße Hugo Imhoff«, erklärte er förmlich, »genau wie mein Großvater, der mich zu der Kreuzfahrt eingeladen hat.«
»Aha«, sagte ich.
»Und mit wem bist du hier an Bord?«
»Ich – ich – äh –« Ich geriet ins Stottern und überlegte fieberhaft, was ich antworten sollte. Da mir nichts einfiel, wechselte ich einfach das Thema. »Mensch, ist das kalt hier oben!«
Aber Hugo ließ sich nicht ablenken und wiederholte: »Mit wem bist du an Bord?«
»Eigentlich mit niemandem«, wich ich aus.
»Und was soll das heißen?«
»Dass ich – na ja – ich bin die Tochter des Kapitäns«, erklärte ich kurz entschlossen.
»Quatsch!«, rief Hugo prompt.
Ich sah ihm in die Augen. Sicher, Hugo war ein merkwürdiger Typ, aber irgendwie war ich mir sicher, dass er mich nicht verpfeifen würde.
»Na schön, ich bin mit meiner Oma hier«, sagte ich. »Sie hat die Kreuzfahrt bei einem Preisausschreiben

gewonnen. Ich wollte unbedingt mitkommen, und darum hab ich mich in ihrem Koffer an Bord schmuggeln lassen. Eigentlich bin ich also gar nicht hier, kapiert?«

Hugo warf mir einen verächtlichen Blick zu. »Du liest zu viele Abenteuerbücher«, spottete er.

»Glaubst du mir etwa nicht?«

»Für wie dämlich hältst du mich denn?«

»Das kann ich dir erst sagen, wenn ich dich etwas besser kenne«, gab ich zurück.

Da schaute er mich plötzlich ganz traurig an. Meine Güte, der war ja empfindlicher als Juttas kleine Schwester!

Ich wollte ihn gerade fragen, wie alt er sei, als sein Handy wieder klingelte. Er holte es aus der Tasche, hörte kurz zu und sagte dann: »Ist gut, Opa. Ich komme runter.«

Nachdem er das Ding verstaut hatte, fragte ich: »Was hast du in der anderen Hosentasche? Einen Minicomputer?«

»Nein, eine Kreditkarte – für den Fall, dass ich mal verloren gehe und Geld brauche.«

»Ehrlich?!«

Diesmal war er es, der fragte: »Glaubst du mir etwa nicht?«

Ich schüttelte den Kopf.

»Kannst du aber ruhig«, meinte er. »Ich bin nämlich nicht so ein Märchenerzähler wie du. So, und jetzt

muss ich weg. Die Jacke kannst du mir morgen zurückgeben. Tschüs!«
Er nickte mir zu, dann zog er ab.
Hugo – was für ein bescheuerter Name! Aber ich fand Hugo trotzdem sehr interessant. Wegen der Kreditkarte. Nun war mir klar, wer Oma und mir die neuen Klamotten spendieren könnte …

***

Hugo hob lässig grüßend die Hand, als ich am nächsten Morgen in den Speisesaal kam. Ich gab ihm seine Jacke zurück und fragte ihn, wie er geschlafen habe.
»Gut. Und du?«
»Ich war andauernd wach, weil ich auf dem Teppich neben Omas Bett gepennt habe. Ein Wunder, dass mein Rücken nicht durchgebrochen ist.«
Hugos ungläubige Miene erinnerte mich daran, dass er ja meine Geschichte mit dem Koffer für ein Märchen hielt. Ich gähnte und erkundigte mich dann nach seinem Opa.
»Der hat schon gefrühstückt und zieht sich gerade um für den Ausflug nach London. Kommst du auch mit?«
»Ich bleib lieber in Dover und fahre Rollerskates.«
Hugos Augen leuchteten auf. »Oh, da hätte ich auch Lust drauf«, sagte er.
Nanu? Hatte er keine Angst, seine Kleider schmutzig

zu machen? Natürlich war ich sofort dafür, gemeinsam eine Runde Rollerskates zu fahren, denn bei dieser Gelegenheit würde sich vielleicht irgendwas mit seiner Kreditkarte ergeben.

»Einverstanden«, sagte ich also. »Wir treffen uns auf dem Sonnendeck, wenn das Schiff angelegt hat.«

Er schüttelte betrübt den Kopf. »Mein Opa will, dass ich ihn nach London begleite.«

»Dann sag ihm halt einfach, dass du Bauchschmerzen hast und darum lieber hier bleiben möchtest. Bis später!«

Damit schlurfte ich zum Frühstücksbüfett. Es war so gigantisch, dass ich nicht wusste, wo ich anfangen sollte. Auf der »MS Hermes« wurde man richtig gemästet. Dabei hätten die meisten Passagiere eher eine Diät nötig gehabt.

Als ich schließlich mit einem randvollen Tablett auf meinen Platz vom Abend zuvor zusteuerte, hörte ich Omas Stimme; sie rief mich an ihren Tisch. Was sollte das denn? Es durfte doch niemand wissen, dass wir uns kannten!

Neben Oma saßen drei ältere Damen, von denen eine bunter bemalt war als die andere. Oma zeigte auf mich und sagte: »Darf ich Ihnen meine Enke – aua!«

Weil ich keine Hand zum Kneifen freihatte, musste ich Oma diesmal auf den Fuß treten.

»Das war ja ein starkes Stück«, sagte darauf eine der Frauen.

»Wie bist du bloß auf die Idee mit dem Koffer gekommen?«, fragte die Nachbarin.
»War es nicht schrecklich, stundenlang in dem engen Ding eingesperrt zu sein?«, wollte die dritte wissen.
Ich warf Oma einen entgeisterten Blick zu.
»Keine Angst, sie verraten dich nicht«, beruhigte sie mich. »Stimmt's?«
Die Frauen nickten mir im Chor mit verschwörerischen Mienen zu. Ich würdigte Oma keines Blickes mehr, drehte mich um und ging zu meinem Tisch. Das konnte ja heiter werden! Bei Hugo war ich sicher, dass er dichthielt – zumal er mir ja sowieso nicht glaubte. Aber dieses Kaffeekränzchen hier … Warum spazierte Oma nicht gleich rauf zur Kommandobrücke, schnappte sich ein Mikro und verkündete über alle Lautsprecher, dass ein blinder Passagier namens Kerstin Feldhaus an Bord war? Ich konnte nur hoffen, dass die drei Damen nicht auch solche Plaudertaschen waren wie Oma.
Die Leckereien auf meinem Tablett verscheuchten zum Glück alle Gedanken an Oma. Ich zog mein Frühstück so lange hin, dass ich nicht mal das Anlegemanöver mitkriegte. Als ich dann mit den Rollerskates unterm Arm auf dem Sonnendeck auftauchte, wartete dort tatsächlich Hugo auf mich. Er fragte als erstes, ob ich die berühmten Kreidefelsen gesehen hätte.
»Nö. Wie sahen sie denn aus?«
»Äh – kreidig und felsig.«

»Da hab ich ja mächtig viel verpasst. Gehen wir?«
Hugo wollte lieber erst abwarten, bis sein Opa in einem der Busse verschwunden war, die etwa hundert Meter vom Ankerplatz entfernt auf die Ausflügler nach London warteten. Meine Oma war übrigens auch dabei, denn die Ausflüge gehörten mit zu dem Preis, den sie gewonnen hatte. Sie war heute Morgen nicht besonders begeistert darüber gewesen, dass sie schon wieder dasselbe Kleid wie gestern anziehen musste. Ich hatte ihr versprochen, dass nach ihrer Rückkehr aus London unser Kabinenschrank mit Klamotten voll gestopft sein würde.
»Und wie willst du das fertig bringen?«
Ich hatte nur geheimnisvoll angedeutet, dass ich einen guten Plan hätte – was natürlich nicht ganz stimmte. Ich hatte ja keinen Plan, sondern nur einen Jungen mit Kreditkarte. Jetzt musste mir schleunigst etwas einfallen, womit ich Hugos Karte in Geld und das Geld in Kleider verwandeln konnte …

***

In Dover hatte ich gar nicht das Gefühl, auf einer Insel zu sein. Und irgendwie sah es hier nicht viel anders aus als in Düsseldorf – abgesehen natürlich vom Linksverkehr und davon, dass im Rhein nicht ganz so viel Wasser ist wie in der Nordsee.
Während wir uns auf die Suche nach einem geeigneten

Platz zum Skaten machten, erfuhr ich einiges über Hugo. Er war auch zehn Jahre alt, kam aus Hannover und spielte Schach und Klarinette. Sein Vater war Notar und seine Mutter Opernsängerin. In den Sommerferien hatte sie nie Zeit für ihn, weil sie da immer bei irgendwelchen Musikfestspielen auftrat.
»Und warum bist du nicht mit deinem Vater in Urlaub gefahren?«, fragte ich.
»Darum«, entgegnete er einsilbig. Dann erzählte er ausgiebig von seinem Opa. Anschließend wollte er was über mich wissen.
»Aber komm mir bloß nicht wieder mit so 'nem Quatsch wie der Sache mit dem Koffer«, warnte er mich.
Okay, wenn er nicht die Wahrheit hören wollte, dann musste er halt mit meiner Phantasie vorlieb nehmen!
»Ich heiße Kerstin von Bernstorf«, erklärte ich, »und mache die Kreuzfahrt zusammen mit meiner französischen Gouvernante Chantal de la Frottee.«
»Aha«, meinte Hugo und klang überhaupt nicht beeindruckt. »Bist du also 'ne Gräfin oder so was Ähnliches?«
»So was Ähnliches«, antwortete ich und musste mich schwer zusammenreißen, um nicht loszulachen. Danach erzählte ich Hugo ausführlich von unserm Schloss am Niederrhein, von meinen vier Hunden und drei Pferden und zwei Dienstmädchen.
Hugo hörte mir zu, ohne eine Miene zu verziehen. Un-

glaublich, was der mir alles glaubte! Warum warf er zum Beispiel nicht mal einen Blick auf meine Haare? Seit zwei Tagen waren sie nicht mehr durchgebürstet worden, weil ich keine Bürste hatte. So ein Zotteltier konnte man doch unmöglich für ein adliges Fräulein halten, das mit seiner Gouvernante unterwegs war. Dazu kam mein umwerfender Mundgeruch, denn meine Zähne putzte ich seit vorgestern nur mit Wasser und Zeigefinger. Wenn Hugo mich geküsst hätte, wäre er garantiert in Ohnmacht gefallen. (Ich aber wahrscheinlich auch.)

Während ich so erzählte, latschten wir durch die halbe Stadt. Endlich entdeckten wir einen Park mit geteerten Wegen. Ich setzte mich sofort auf eine Bank und zog die Rollerskates an. Hugo wollte mir beim Aufstehen helfen, aber das lehnte ich natürlich ab. Ich fühlte mich auf den Rädern genauso sicher wie in Turnschuhen. Jutta und ich hatten uns in den letzten Wochen mit nichts anderem als den Rollerskates beschäftigt, was die Schrammen und blauen Flecken an unseren Beinen deutlich bewiesen.

Ich sauste also die Parkwege entlang und kurvte elegant um Spaziergänger, Hunde und Kinderwagen. Hugo blieb inzwischen auf der Bank sitzen und las ein Taschenbuch, das er mitgenommen hatte. Weil sich die Wolken, die noch am Morgen den Himmel bedeckt hatten, fast alle aufgelöst hatten, war ich nach einer Dreiviertelstunde so durchgeschwitzt, dass man mich hätte auswringen können. Ich steuerte auf die Bank zu und ließ mich neben Hugo fallen.

»Bin ich jetzt dran?«, fragte er.

Ich nickte und wollte mir die Rollerskates ausziehen, aber dann überlegte ich es mir anders und hielt Hugo meine Füße hin. Als Gräfin von Bernstorf war ich nun mal daran gewöhnt, für alles einen Dienstboten zu haben. Tatsächlich bückte sich Hugo und half mir aus den Dingern. Kurz darauf hockte er in den Skates vor mir.

»Hast du vielleicht Knieschützer?«, fragte er.

»Nö.«

»Und was ist, wenn ich hinfalle?«

»Dann kriegst du ein paar Schrammen«, sagte ich seelenruhig.

Er zögerte eine Weile, ehe er die Bank losließ. Dann zitterte er auf wackligen Beinen vor mir rum. Es sah nicht so aus, als wäre er schon mal Rollerskates-Europameister gewesen.

»Hast du das noch nie ausprobiert?«, fragte ich ihn.

»Doch, aber nur zwei-, dreimal. Mein Vater hat's nicht so gern, wenn ich Sport treibe. Er ist mal als Junge beim Reiten verunglückt und wäre fast im Rollstuhl gelandet.«

»Und was hat das mit dir zu tun?«

Er zuckte mit den Schultern. Plötzlich tat er mir ein bisschen Leid. Ich stand auf, packte ihn an der Hand und gab ihm eine Unterrichtsstunde.

ichts, weil er viel zu
ach traute er sich im-
er munter einen gan-
e etwas total Erstaun-

I fort verschwand das
(drehte noch ein paar
R

» r wieder zurückkam.
» nnst du übernächste
W in der Karibik die Palmen rauf- und runtersausen. So, und jetzt bin ich wieder dran. Ich zeig dir mal, wie man Treppenstufen runterfährt.«
Zehn Minuten später humpelte ich neben Hugo durch die Innenstadt von Dover. Das mit den Stufen hatte nicht ganz geklappt. Ich war voll auf die Nase geflogen, und beim Aufrappeln hatte ich mich gewundert, dass noch alle Knochen heil waren. Der leichenblasse Hugo hatte sich über mich gebeugt und beinahe einen Krankenwagen geholt.
»Ist auch wirklich alles in Ordnung?«, fragte er gerade zum dritten Mal.
»Jaja«, murmelte ich, obwohl mir bei jedem Schritt die rechte Hüfte höllisch wehtat.
Wir blieben vor einer Bäckerei stehen und schauten uns die Teilchen an.

»Hast du auch so ’nen Hunger?«, fragte ich.
Er nickte. »Nur schade, dass wir kein englisches Geld haben.«
»Und was ist mit deiner Kreditkarte?«, fragte ich listig.
Er winkte ab. »Die darf ich nur im äußersten Notfall benutzen.«
»Du Angeber!«, sagte ich. »Wetten, dass du gar keine richtige Kreditkarte hast?«
Er griff in die Tasche und zeigte sie mir.
»Aber dann wette ich, dass du die Geheimnummer nicht kennst«, stichelte ich weiter. »Kein Zehnjähriger auf der ganzen Welt kann einfach zum nächsten Automaten gehen und sich Geld abholen.«
Hugo zog die Augenbrauen hoch. »Meinst du?«
Schnurstracks marschierte er zurück zu der Bankfiliale, an der wir eben vorbeigekommen waren. Neben dem Eingang befand sich ein Geldautomat. Hugo steckte die Karte in den Schlitz und drückte ein paar Zahlen.
»Siehst du?«, verkündete er zufrieden. »Jetzt brauche ich nur noch den Betrag einzugeben, dann kann ich das Geld kassieren. Na, was sagst du jetzt?«
Ich sagte gar nichts, denn ich dachte fieberhaft nach. Plötzlich riss ich den Kopf nach oben, zeigte in Richtung Himmel und schrie: »Mensch, ein Ufo!«
Hugo folgte automatisch meinem Blick. Und ich drückte blitzschnell auf die 500er-Taste.
»Spinnst du?«, rief er entgeistert. »Jetzt spuckt das Ge-

rät 500 Pfund aus! Mein Opa kriegt einen Anfall, wenn er das Geld sieht.«
Ich setzte eine betrübte Miene auf und meinte: »Oh, das tut mir aber Leid. Dann müssen wir eben verhindern, dass er das Geld zu Gesicht bekommt.«
»Wie denn?«
»Wir geben es einfach aus.«

***

Noch nie in meinem Leben habe ich so viele Sachen in so kurzer Zeit erstanden wie an jenem Nachmittag in Dover.
Nachdem ich mich selbst mit genügend Klamotten für die restliche Kreuzfahrt eingedeckt hatte, machten wir Pause in einer Pizzeria. Hugo meckerte nicht mehr wegen des Geldes. Ich hatte ihm erklärt, dass ich es zufällig gut zum Einkaufen brauchen konnte, und er glaubte sicher, dass das Fräulein Gräfin es ihm gleich auf dem Schiff zurückgeben würde. Da ich ihn vorläufig sowieso in dem Glauben lassen musste, bestellte ich mir zum Nachtisch ein großes Eis mit einem Zentner Sahne.
Danach gingen wir in eine Boutique und kauften für Oma ein. Wahrscheinlich wunderte sich die Verkäuferin darüber, dass ich Sachen kaufte, die mir ein Dutzend Nummern zu groß waren, aber sie sagte nichts. Ich wählte nur knallbuntes Zeug aus, denn Hosen,

Kleider und Blusen in langweiligen Farben hat Oma zu Hause mehr als genug. Mit Bergen von Plastiktüten beladen machten wir uns dann auf den Weg zum Schiff. Als wir an einer Drogerie vorbeikamen, fiel mir ein, dass ich auch noch Zahnbürsten und Taschentücher und anderen Kleinkram besorgen musste.
»Wie viel Geld hast du noch?«, fragte ich Hugo beim Verlassen der Drogerie.
»Ungefähr drei Pfund.«
»Her damit!«
Ich ließ die Tüten fallen, nahm ihm die Münzen aus der Hand und rannte über die Straße. Dort drückte ich das Geld einem Bettler in die Hand, der vor einer Laterne saß.
»So, jetzt kriegt dein Opa garantiert nichts zu sehen von den 500 Pfund«, erklärte ich, als ich zurückkam.
Hugo riss die Augen auf. »Wie bitte? Soll das etwa heißen, dass du mir das Geld nicht gleich zurückgeben willst?«
»Natürlich will ich das.«
Aber ich kann leider nicht, dachte ich und bekam – spät genug – heftige Gewissensbisse wegen der ganzen Sache. Er musste das Geld irgendwie zurückkriegen, und wenn ich es im Lauf der nächsten Jahre von meinem Taschengeld abstottern würde.
Wir gingen runter zum Hafen. Unterwegs erkundigte sich Hugo, ob ich mit meiner Gouvernante in einer Suite wohnte, worauf ich dämlicherweise nickte.

»Und in welcher?«
»Ach, ich kann mir den Namen nicht merken«, antwortete ich ausweichend.
»Wieso? Es gibt doch nur sechs.«
Er zählte sie auf. Notgedrungen musste ich mich für eine entscheiden. Ich nahm die Mozart-Suite.
»Also direkt neben meinem Opa«, stellte Hugo fest. »Der wohnt in der Beethoven-Suite.«
»Und du?«
»Ich hab eine eigene Kabine auf dem Atlantikdeck.«
»Was? Dein Opa hat anscheinend zu viel Geld.«
»Stimmt«, sagte Hugo. Und ich dachte: Da wird er ja wohl kaum einen Heulkrampf kriegen, wenn er erfährt, dass ich ihn vorläufig um 500 Pfund erleichtert habe.

Goethe und andere Überraschungen

Es goss in Strömen, als unser Schiff am nächsten Vormittag in einem französischen Hafen anlegte. Ich saß allein an einem Tisch in der »Clipper-Bar«, nippte an einem Fruchtsaftcocktail und beobachtete, wie die Ausflügler zu den Bussen rannten. Klar, ich hätte mir auch gern den Mont Saint-Michel angeguckt – eine winzige Insel mit einer riesigen Kathedrale, wie ich von Oma erfahren hatte. Doch mittlerweile hatte es mir gedämmert, dass es für mich als blinder Passagier viel zu riskant war, an irgendeinem Ausflug teilzunehmen. Dazu musste man sich nämlich vorher mit Namen und Kabinennummer eintragen, die dann vor der Abfahrt im Bus noch einmal sorgfältig überprüft wurden. Wenn dabei aufgefallen wäre, dass mein Name nicht auf der Passagierliste stand – tja, das hätte böse enden können!

Trotzdem war ich guter Laune. Ich hatte mir endlich mal wieder die Haare gewaschen und sie durchgebürstet. Außerdem steckte ich in nagelneuen Klamotten. Mit Vergnügen dachte ich an das entsetzte Gesicht von Oma, als sie nach ihrer Rückkehr aus London die bunten Sachen entdeckte, die ich für sie gekauft hatte. Zum Abendessen hatte sie einen knallroten Rock mit orangefarbener Bluse anziehen müssen. Aber bitteschön: Sie hatte ein paar Komplimente dafür gekriegt!

Natürlich wollte Oma wissen, womit ich die Kleider bezahlt hatte. Ich musste ihr wohl oder übel gestehen, dass Hugo nicht direkt freiwillig mit dem Geld rausgerückt war. Und die Story mit der Gräfin verschwieg ich ihr auch nicht.

Oma schüttelte den Kopf dazu und sagte schließlich: »Mir scheint, du hältst nicht besonders viel von der Wahrheit, stimmt's?«

Das fand ich reichlich ungerecht. »Ich hab ihm doch die Geschichte mit dem Koffer erzählt«, protestierte ich. »Was kann ich denn dafür, dass er mir nicht glauben will?«

Hugo war wirklich ein spezieller Typ, ehrlich. Eigentlich mochte ich ihn nicht besonders, weil er ständig mit so einer trostlosen Miene durch die Gegend lief. Andererseits hätte ich gern gewusst, *warum* er so ein Muffel war. Sowieso blieb mir nichts anderes übrig, als irgendwie mit ihm klarzukommen, schließlich waren wir bei-

de die einzigen Passagiere an Bord, die ihren 60. Geburtstag noch vor sich hatten.
Dachte ich zumindest. Doch das war ein Irrtum. Denn nach einem weiteren Schluck von meinem Saft stand plötzlich ein kleines Mädchen vor mir. Sie hatte halblange blonde Haare, feuerrote Backen, sehr neugierige blaue Augen und trug einen größeren Rucksack spazieren.
»Was ist das?«, fragte sie und zeigte auf mein Glas.
»Fruchtsaft-Mischmasch mit ein paar Obststücken drin. Und was ist das?« Ich tippte mit dem Zeigefinger auf ihre Brust.
»Ich bin Tabea Hübner. Und du?«
»Gräfin von Bernstorf. Aber du kannst ruhig Kerstin zu mir sagen.«
»Hä?«
Ich fing plötzlich an zu lachen. Gräfin von Bernstorf – das war einfach zu blöd! Wie konnte ein halbwegs intelligenter Junge wie Hugo auf so einen Schwachsinn reinfallen? Ich kriegte mich gar nicht mehr ein.
»Lachst du über mich?«, fragte Tabea mit beleidigter Miene.
»Quatsch! Ich lache wegen – wegen –« Ich zuckte mit den Schultern.
»Wegen was?«
»Das ist ein Geheimnis.«
Sie durchbohrte mich mit ihren blauen Augen. »Ein Geheimnis? Toll, das musst du mir unbedingt verraten!«

Ich schüttelte den Kopf, aber Tabea ließ nicht locker. Die nächsten fünf Minuten redete sie, ohne Luft zu holen, auf mich ein, damit ich sie in das Geheimnis einweihte. Was hatte ich mir da bloß eingebrockt! Ich stellte meine Ohren auf Durchzug. Aber plötzlich sah ich, dass sich Tabeas Augen mit Tränen füllten.
»Jetzt fang bloß nicht an zu heulen«, bat ich sie.
»Dann verrat mir endlich das Geheimnis!«
Ich stieß einen Seufzer aus. »Na schön. Aber du musst schwören, dass du es für dich behältst.«
»Ich schwöre«, sagte sie mit strahlendem Lächeln.
Ich zögerte kurz und überlegte, ob ich wirklich ganz offen sein sollte. Wahrscheinlich würde sie auf meine Geschichte genauso reagieren wie Hugo und mir kein Wort glauben. Also erzählte ich ihr, wie ich an Bord gekommen war. Sie hörte aufmerksam zu und machte so schlaue Zwischenbemerkungen, dass ich mir nicht verkneifen konnte, sie am Ende meines Berichts zu fragen: »Sag mal, wie alt bist du eigentlich?«
»Sechs«, antwortete sie. »Du brauchst jetzt nicht zu sagen, dass ich ganz schön schlau bin für mein Alter. Das sagen nämlich alle.«
Sie setzte sich an meinen Tisch. »Bestellst du mir auch so einen Saft?«
Ganz schön frech, die Pausbacke! Ich winkte den Kellner her und bestellte noch zwei Cocktails.
»Glaubst du mir denn, dass ich ein blinder Passagier bin?«, fragte ich sie dann.

»Na klar! Warum sollst du mir was vorschwindeln?« Irgendwie fand ich die Kleine lustig. »Wieso hab ich dich noch nicht gesehen?«, fragte ich.

»Weil wir erst seit ein paar Stunden an Bord sind«, erklärte sie. »Wir haben das Schiff in Bremerhaven verpasst. Da hat mein Vater ein Auto gemietet und ist hierher gefahren. Ich wusste schon vorher, dass irgendwas schief gehen würde! Wenn ich mit meinem Vater unterwegs bin, geht *immer* was schief.«

»Und deine Mutter?«

»Die ist zu Hause in München. Sie kann Kreuzfahrten nicht leiden. Und mein Vater kann es nicht leiden, mit meiner Mutter zusammen zu sein, wenn er ein neues Buch anfängt. Schriftsteller sind ganz schön komisch.« Sie saß so kerzengerade auf ihrem Stuhl, als hätte sie soeben einen Hockeyschläger verschluckt.

»Ich hätte eigentlich auch mit meiner Schwester zu meinem Onkel in die Berge fahren können. Aber meine Schwester ist 14.«

»Na und?«

»Meine Schwester ist 14«, wiederholte Tabea.

»Na und?«

»Mensch, hast du 'ne Ahnung!«, stöhnte Miss Pausbacke.

»Meine Schwester hat ganz viele Pickel und ist andauernd verliebt. Und es gibt keine Medizin dagegen. Und –«

Sie stockte und starrte mit erschrockener Miene zur

Tür. Gerade war ein großer, bärtiger Mann in einer giftgrünen Jacke hereingekommen.
»Ist das dein Vater?«, fragte ich.
»Nein, das ist der Schiffsdetektiv«, flüsterte sie.
»Bist du sicher?«, flüsterte ich zurück.
Sie nickte.
Der Mann ließ sich auf einem Barhocker nieder. Er schlug seine Zeitung auf und fegte dabei einen Stapel Bierdeckel vom Tresen.
Der Kellner brachte unsere Säfte. Ich trank mein Glas in null Komma nichts leer. Seit der Detektiv aufgetaucht war, fühlte ich mich nicht mehr besonders wohl in der Bar.
»Willst du mit mir Squash spielen?«, fragte Tabea, die das Erscheinen des Detektivs offenbar genauso beunruhigte wie mich.
»Von mir aus. Los, hauen wir ab!«

***

Es war gar nicht so leicht, meine neue Begleiterin wieder loszuwerden. Nach dem Squash wollte sie Mensch-ärgere-dich-nicht spielen. Dann sollte ich ihr jede Menge Rechenaufgaben stellen. Und anschließend schleppte sie mich in die Bibliothek und las mir irgendwas vor. Danach musste ich erst mal meine Ruhe haben, verschwand in unserer Kabine und ließ mich aufs Bett fallen. Oma war immer noch auf Landausflug und

mittlerweile sicher total durchnässt; es goss nämlich ohne Unterbrechung.
Ich popelte in der Nase, starrte die Decke an und dachte an meine Freundin Jutta, die jetzt gerade an einem Strand auf der anderen Seite der Erdkugel vor sich hin döste. Ich hätte sie zu gerne mal angerufen. Leider wusste ich aber die Nummer von ihrem Hotel nicht. Ob sie sich inzwischen schon bei Tante Erika gemeldet und von ihr erfahren hatte, dass ich nicht an der Ostsee war, sondern auf Kreuzfahrt in die Karibik?
Dann fiel mir der Schiffsdetektiv wieder ein, der uns vorhin in der Bar begegnet war. Er war ein Fan von Tabeas Vater, hatte sie mir erzählt, und kannte alle seine Krimis. Schon kurz nach ihrer Ankunft heute Morgen war er in ihrer Kabine aufgekreuzt und hatte um ein Autogramm gebeten. Ich dachte daran, wie ungeschickt der Detektiv sich in der Bar angestellt hatte. Ob er mir gefährlich werden konnte? Jedenfalls wollte ich ihm sicherheitshalber möglichst aus dem Weg gehen.
Mein Blick wanderte zu den Rollerskates – und schon kribbelte es wieder in meinen Füßen. Klar, im Freien war es zu nass, aber ich konnte ja ein bisschen durch die Gänge rollen! Die waren zwar reichlich eng, doch mit etwas Glück würde ich schon niemanden über den Haufen fahren.
Zuerst versuchte ich es bei uns auf dem Pazifikdeck. Nein, hier war zu viel Betrieb. Dauernd kam mir je-

mand entgegen, und fast jeder warf einen grimmigen Blick auf die Skates. Kurz entschlossen stieg ich in den Lift und fuhr runter zum A-Deck. Dort befanden sich die Kabinen fürs Personal, und weil die meisten anscheinend gerade arbeiteten, war auf den Gängen kaum was los. Es machte richtig Spaß, hier unten rumzuflitzen!

Vergnügt sauste ich durch den Schiffsbauch. Und dann passierte es: Als ich am Ende eines Ganges im Supertempo um die Kurve biegen wollte, rauschte ich mit einer Frau zusammen, die gerade ihre Kabine verlassen wollte. Ich ließ einen Schrei los und machte eine Bauchlandung. Als ich mich aufrappelte, war ich auf ein Donnerwetter gefasst, aber stattdessen fragte die Frau nur besorgt: »Hast du dir wehgetan?«

Ich schüttelte den Kopf. »Tut mir Leid«, murmelte ich. »Ich wollte –«

»Schon gut«, unterbrach sie mich lächelnd. »Du wolltest dir mal angucken, wie wir Angestellten hier unten leben, was?«

Sie öffnete die Tür der Kabine, aus der sie gerade gekommen war. Ich warf einen Blick hinein. In einem Miniraum waren vier Doppelbetten und acht schmale Schränke untergebracht.

»Gemütlich, nicht wahr?«, meinte die Frau. Sie sprach mit einem ausländischen Akzent, hatte schwarze Haare mit ein paar grauen Strähnen und trug einen blauen Kittel. Und sie hatte das freundlichste Lächeln der Welt.

Sie muss mir angesehen haben, wie erstaunt ich über die enge Kabine war, denn sie erklärte mir: »Es ist ein Unterschied, ob man Urlaub auf dem Schiff macht oder hier arbeitet. Wir dürfen auch nicht in die Bars oder in die Swimmingpools. Und die Sauna kenne ich nur, weil ich da ab und zu sauber mache.«
»Sind Sie Putzfrau?«, wollte ich wissen.
»Nein, Büglerin. Aber manchmal wird man auch für andere Arbeiten eingesetzt, wenn mal jemand ausfällt. Hier gibt's mehr als genug zu tun.«
»Kann ich mir denken«, sagte ich.
»So, ich muss jetzt hoch zu meinem Bügeleisen«, meinte sie und schob mich aus der Kabine. »Mach dir noch ein paar schöne Wochen hier an Bord. Tschüs!«
»Tschüs!«, sagte ich.
Ihr Lachen war so ansteckend, dass ich zurücklachen musste. Auf dem Weg zum Lift drehte sie sich nochmal um und rief: »Und pass auf mit diesen Rollschuhen! Wenn dich der Kapitän damit sieht, kriegt er einen Anfall.«
Sie winkte mir zu, bis sich die Lifttür schloss.

***

Es regnete immer noch, als ich am nächsten Morgen aufwachte. Ich hatte eine unruhige Nacht auf dem irrsinnig bequemen Teppichboden hinter mir und wäre unter der Dusche beinahe wieder eingeschlafen. Beim

Anziehen fragte Oma, ob ich Hugo inzwischen gesagt hätte, dass ich keine Gräfin sei.
»Nein. Er hat doch gestern den Ausflug mitgemacht und war den ganzen Tag weg.«
»Und nach dem Abendessen?«
»Da hatte ich keine Lust, mit ihm zu reden«, gab ich zu. »Wenn ich sein mürrisches Gesicht sehe, krieg ich zu viel. Sein Opa ist übrigens genauso.«
»Im Ernst?«
»Ich hab die beiden beim Essen beobachtet. Die sehen so aus, als wäre die Kreuzfahrt eine furchtbare Strafe für sie. Mensch, wenn ich jederzeit so locker um die Welt fahren könnte, hätte ich doch nicht dauernd so miese Laune!«
»Da siehst du's eben wieder: Geld allein macht nicht glücklich«, sagte Oma. »Und was diesen Hugo betrifft – ich möchte, dass du ihm heute die Wahrheit sagst.«
»Na schön«, seufzte ich.
Als ich nach dem Frühstück auf dem Weg zum Hauptdeck war, wo ich mir in der Bibliothek ein Buch ausleihen wollte, kam mir Hugo entgegen.
»Wo ist das Geld?«, fragte er sofort.
»Nette Begrüßung«, sagte ich. »Kannst du nicht erst mal guten Morgen sagen?«
»Guten Morgen«, knurrte er. »Also, wo ist das Geld?«
Ich holte tief Luft. Dann sagte ich: »Jetzt hör mir mal gut zu. Ich heiße Kerstin Feldhaus und hab mich im Koffer meiner Oma aufs Schiff geschmuggelt. Ich habe

keine Gouvernante, keine Pferde und kein Dienstmädchen. Und erst recht keine 500 Pfund. Die kannst du erst *nach* der Reise wiederhaben, in Raten.«

Er glotzte mich an. Ich wiederholte meine ganze Geschichte und fragte: »Hast du kapiert?«

Keine Reaktion. In diesem Moment sah ich seinen Opa auf uns zusteuern.

»Wie steht's mit unserm Schachspiel?«, fragte er Hugo.

»Gehen wir«, antwortete der.

»Willst du mir nicht erst deine neue Freundin vorstellen?«

Bei dem Wort Freundin zuckte Hugo leicht zusammen. Dann ratterte er herunter: »Das ist mein Opa. Und das ist Kerstin von Bernstorf. Sie wohnt zusammen mit ihrer Gouvernante in der Mozart-Suite.«

Nein!!!

»Freut mich, dich kennen zu lernen«, sagte Hugos Opa und gab mir die Hand.

Ich warf Hugo einen verzweifelten Blick zu. »Du brauchst ein Hörgerät«, schimpfte ich. »Dann würdest du vielleicht endlich verstehen, was man dir sagt.« Damit rauschte ich davon.

***

Ich ging in unsere Kabine, um mein T-Shirt zu wechseln, weil ich mich beim Frühstück mit Marmelade bekleckert hatte. Kaum war ich dort angekommen, als es an der Tür klopfte. Vor Schreck hielt ich die Luft an. Wer konnte das sein? Hier durfte mich doch niemand sehen! Ich riss blitzschnell den Koffer auf und wollte hineinsteigen – da ging auch schon die Tür auf, und ein Steward kam mit ein paar frischen Handtüchern rein.

»Nanu?«, sagte er überrascht und schaute auf die Zimmernummer. »Wohnt hier nicht Frau Metzler?«

»Doch«, antwortete ich und kaute auf meiner Unterlippe herum.

»Was machst du dann hier?«, fragte er mit argwöhnischem Blick.

»Ich – äh – ich bin hier zu Besuch.«

»Und warum stehst du in dem Koffer?«

»Gute Frage«, sagte ich, um Zeit zum Nachdenken zu gewinnen. »Ich – ich übe für meine neue Nummer.«

»Aha!?«

»Ich gehöre nämlich zu einer Zirkustruppe«, erklärte ich dem verblüfften Steward. »Frau Metzler hat mir erlaubt, mit ihrem Koffer zu trainieren. Passen Sie mal auf.«

Ich kletterte in das Monstrum und hielt es von innen zu. »Wo bleibt der Applaus?«, fragte ich und blieb noch eine Welle in meinem Versteck.

»Kannst du auch jonglieren?«, wollte der Steward wissen.

»Klar!«

Ich sprang aus dem Koffer, nahm eine Bürste, eine Packung Taschentücher und einen Schokoriegel und warf

die Sachen in die Luft. Sie landeten der Reihe nach auf dem Teppich.
»Ich bin leider völlig aus der Übung«, entschuldigte ich mich. »Eigentlich sollten Zirkusleute nie Urlaub machen, da verlernt man alle Kunststücke. Darum will ich auch während der Kreuzfahrt mit Frau Metzlers Koffer trainieren.«
»In diesen Koffer passt ja sogar ein Nilpferd rein«, meinte der Steward stirnrunzelnd.
»Deshalb ist er ja so gut geeignet für den Trainingsbeginn. Nach und nach klettere ich dann in immer kleinere Koffer. Und am Schluss passe ich in jede Hutschachtel. Haben Sie noch nie was von der berühmten *Biegsamen Biggi* gehört? Das bin ich!«
Sehr überzeugt sah er nicht gerade aus. Aber immerhin ließ er die Handtücher aufs Bett fallen und ging weg, ohne weitere Fragen zu stellen.
Puh! Die *Biegsame Biggi* atmete ganz tief durch. Und dann bog sie sich, und zwar vor Lachen.

***

Von der französischen Atlantikküste, die die »MS Hermes« an diesem Tag Richtung Süden entlangfuhr, bekam ich kaum was zu sehen. Der Himmel blieb grau, und es regnete fast ununterbrochen. Echt tolles Wetter für so ’ne Kreuzfahrt!
Oma war mit ihren drei Freundinnen in der Sauna und

wollte danach mit ihnen Karten spielen. Ich hatte mir ein spannendes Buch aus der Bibliothek geholt und las es in der »Clipper-Bar«. Aber dabei blieb ich nicht ungestört. Irgendwann tauchte Tabea auf. Nachdem wir ein bisschen getratscht hatten, sollte ich wieder Lehrerin spielen. Das machte mir sogar Spaß, weil mich Miss Pausbacke ständig mit ihrer Schlauheit verblüffte. Erst stellte ich ihr also Rechenaufgaben, dann diktierte ich ihr ein paar Sätze. Während sie schrieb, fiel mir wieder auf, wie gerade sie auf ihrem Stuhl saß. Sie lehnte sich nicht mal zurück, als sie nach dem Diktat ihre Limo austrank. Lag es vielleicht daran, dass sie was Zerbrechliches in ihrem Rucksack mitschleppte? Sie hatte ihn auch heute umgeschnallt. Ich fragte sie danach – worauf mich Tabea ganz erschrocken anguckte.
»Ist es wirklich so auffällig?«, murmelte sie.
Ich nickte. Tabea presste die Lippen aufeinander und sah mich lange an.
»Komm mal mit!«, kommandierte sie dann, nahm ihr Heft und ihren Kuli und rutschte vom Stuhl.
Wir verließen die Bar und fuhren mit dem Lift aufs Lidodeck. Wegen des schlechten Wetters war hier oben kein Mensch. Der Sturm riss mir fast die Haare vom Kopf.
»Was sollen wir denn hier?«, fragte ich Tabea.
Sie hatte schon im Lift den Rucksack abgenommen und öffnete jetzt die Schnallen.
»Du bist nicht der einzige blinde Passagier auf dem

Schiff«, sagte sie bedeutungsvoll, und mit einem Griff in den Rucksack brachte sie – einen winzigen Hund zum Vorschein.
Der leckte mir sofort das Gesicht ab.
»Bist du verrückt?«, rief ich. »Tiere sind an Bord strengstens verboten!«
»Ach nee! Und was ist mit Mädchen, die sich im Koffer aufs Schiff schmuggeln? Wehe, du verrätst ihn, dann zerreißt er dich in kleine Fetzen!«
Sie setzte ihn auf den Boden. Daraufhin pinkelte er an die Reling.
»Weiß dein Vater was davon?«, fragte ich.
»Klar. Er hatte nichts dagegen, dass Goethe mitkommt.«
»Goethe? Das ist doch kein Hundename. So heißt ein berühmter Dichter.«
»Meine Tante Margret hat ihn mir geschenkt, und die wohnt in der Goethestraße. Mir ist kein anderer Name eingefallen«, meinte Tabea achselzuckend.
Ich bückte mich und streichelte Goethe. »Wie groß wird er denn noch?«
»Keine Ahnung. Er ist ein Mischling. Los, komm her, Goethe!«
Gehorsam sprang der Hund in den Rucksack.
»Ist es nicht viel zu riskant, ihn dauernd mitzuschleppen?«, fragte ich.
»Nö. Er bellt nur, wenn ich nicht in der Nähe bin. Sonst ist er ganz still.«

Kurz darauf standen wir im Lift.
»Und was machen wir jetzt?«, fragte Tabea. »Ich will, dass du mit mir –«
»Moment mal!«, unterbrach ich sie. »*Ich* gehe jetzt in die Sauna.«
»Ist doch stinklangweilig«, maulte Miss Pausbacke. »Was findest du denn so toll an der Sauna?«
»Dass ich dort nicht von kleinen blonden Mädchen belagert werde«, erklärte ich entschieden.

***

Nach dem Abendessen sah ich Hugo wieder. Ich saß gerade mit Oma und ihren Freundinnen an einem Tisch im Europa-Salon, der so riesig war wie der Speisesaal. Eine fünfköpfige Band spielte Tanzmusik. Hier brauchte ich keine Angst zu haben, mit Oma zusammen gesehen zu werden. Erstens war es ziemlich dunkel, und zweitens war hier so viel Rummel, dass ich kein bisschen auffiel. Oma fegte mit wechselnden Partnern übers Parkett. Ich hörte inzwischen der Musik zu oder den Damen neben mir, die sich wie üblich kiloweise Schminke ins Gesicht geschmiert hatten.
Als Hugo und sein Opa anmarschierten, ließen sie sich in der Nähe nieder und bestellten was zu trinken. Ich schaute immer mal zu dem ulkigen Paar rüber. Sie wechselten kaum ein Wort, starrten nur vor sich hin

und schienen sich so großartig zu amüsieren wie auf einer Beerdigung.
»Die beiden sind echte Trauerklöße«, meinte auch Oma irgendwann kopfschüttelnd, als sie eine kurze Tanzpause einlegte.
»Allerdings«, bestätigte ich. »Sag mal, Oma, hast du keine Idee wegen Hugo? Was soll ich tun, damit er mich nicht mehr für die Gräfin von Bernstorf hält?«
»Hm, lass mich mal überlegen«, sagte Oma.
Das tat sie auch ein paar Minuten lang. Und dann flüsterte sie mir was ins Ohr.
»Jetzt sofort?«, fragte ich.
Oma nickte.
Ich zögerte nur kurz. Dann stand ich auf und ging zu Hugo.
»Hör mal, sollen wir tanzen?«
»Zu der bescheuerten Musik?«, sagte er.
»Wieso nicht?«, fragte ich.
»Kannst du überhaupt tanzen?«
»Nö«, antwortete ich.
»Ich auch nicht.«
»Na prima, dann kann ja nichts schief gehen!«
Ohne jede Begeisterung folgte mir Hugo auf die überfüllte Tanzfläche. Dort packte ich seine Hand, legte seinen Arm um meine Hüfte – und schon ging's los. Wir achteten natürlich kaum auf die Musik, weil wir voll damit beschäftigt waren, uns nicht auf die Füße zu treten. Wir bewegten uns nur in Zeitlupe. Ich konzen-

trierte mich so sehr aufs Tanzen, dass ich fast Omas Plan vergessen hätte. Erst als sie mit einem kleinen, dicken Mann an uns vorbeischwenkte und mir dabei zuzwinkerte, fiel er mir wieder ein.

»Dieses Gedränge wird immer schlimmer«, sagte ich zu Hugo. »Sollen wir nicht mal rausgehen?«

»Von mir aus.«

Er folgte mir aus dem Europa-Salon und dann den Gang entlang bis zu den Aufzügen. Dort schob ich ihn in einen bereitstehenden Lift und drückte auf einen Knopf.

»Wo willst du denn hin?«, fragte Hugo irritiert.

»Aufs Hauptdeck. Und dort erkundigst du dich bei der Information, ob Gräfin Kerstin von Bernstorf an Bord ist.«

Seine Miene verfinsterte sich. »Wann hörst du endlich auf mit dem Quatsch? Wenn du ein blinder Passagier bist, dann bin ich Donald Duck. So was geht doch gar nicht!«

»Frag bei der Information, Donald. Und komm dann in die Kabine 401 auf dem Pazifikdeck.«

Der Lift hielt.

»Du spinnst!«, fauchte Hugo. »Lass dir ein anderes Spielchen einfallen.«

»401 auf dem Pazifikdeck«, wiederholte ich und fügte sogar hinzu: »Bitte!«

Er zog eine Grimasse und stieg aus dem Lift. Ich fuhr zwei Decks tiefer und rannte in unsere Kabine, wo Oma gleich danach eintrudelte.

»Und?«, fragte sie.
Ich zuckte mit den Schultern, kletterte in den Koffer und wartete. Ein paar Minuten später klopfte es an der Tür.
»Herein!«, rief Oma.
»Ist Kerstin hier?«, hörte ich Hugo fragen.
»Du hast also eben erfahren, dass sie nicht in der Mozart-Suite wohnt?«
Hugo antwortete nicht.
»Ja, sieh dich ruhig um«, sagte Oma. »Und guck auch mich richtig an. Findest du, dass ich wie eine Gouvernante aussehe?«
Hugo murmelte irgendwas, das ich nicht verstand.
»Wirf auch ruhig einen Blick in den Schrank. Da sind nur die Sachen drin, die Kerstin mit dir zusammen in Dover gekauft hat. Ohne deine Kreditkarte hätte ich drei Wochen lang in dem grauen Kleid da rumlaufen müssen.«
Jetzt hatte Hugo wohl den Koffer entdeckt, denn ich hörte ihn fragen: »Und was war in dem Riesenkoffer da?«
Worauf Oma die Schlösser öffnete und Hugo den Kofferinhalt präsentierte: mich.
Er starrte mich an und wollte etwas sagen, hatte anscheinend aber vor lauter Schreck seine Zunge verschluckt.
»Na, Donald Duck?«, sagte ich. »Glaubst du mir jetzt endlich?«

Seine Antwort bestand darin, dass er aus der Kabine stürmte und die Tür hinter sich zuknallte.

Kuppler und Schnüffler

Nach diesem Auftritt hatte ich erst mal keine große Lust, Hugo über den Weg zu laufen. Darum blieb ich am nächsten Morgen in der Kabine, bis das Schiff in einem französischen Hafen namens La Pallice angelegt hatte und die meisten Passagiere an Land waren. Ich hoffte, dass sich auch Hugo unter ihnen befand. Aber wer tippte mir auf die Schulter, als ich bald danach am Frühstücksbüfett stand? Erraten: Hugo!

»Guten Morgen«, begrüßte er mich total freundlich.

Ich war baff. »Was ist los?«, fragte ich vorsichtig. »Bist du nicht sauer auf mich?«

»So sauer wie auf mich selbst«, sagte er. »War wohl ganz schön blöd von mir, das mit der Gräfin und der Gouvernante zu glauben.« Er kratzte sich am Hinterkopf. »Sag mal, wie bist du denn auf die Idee mit dem Versteck im Koffer gekommen?«

Ehe ich antworten konnte, klingelte sein komisches Handy. Er wechselte ein paar Sätze mit seinem Großvater und erklärte: »Ich muss leider gehen. Mein Opa hat mal wieder seine Brille verlegt. Wir sehen uns später, okay?«

»Ist gut«, sagte ich.

Er ging. Ich schaute ihm hinterher und freute mich darüber, dass zwischen uns wieder alles in Ordnung war – das heißt, *fast* alles. Denn da gab es ja noch die blöden 500 Pfund. Na ja, irgendwie würde ich das später auch noch regeln …

Ich frühstückte in aller Ruhe, allerdings nur so lange, bis Miss Pausbacke dazustieß und fragte: »Spielst du mit mir Mensch-ärgere-dich-nicht?«

»Nachher vielleicht«, antwortete ich. »Jetzt muss ich erst was essen.«

Sie setzte sich an meinen Tisch und schaute mir ungeduldig beim Kauen zu. Ich ließ mich dadurch nicht stören, zog mein Frühstück gewaltig in die Länge und holte mir immer wieder was vom Büfett. Am Ende war ich so satt, dass ich nicht eine Haferflocke mehr runterkriegen konnte.

»Spielen wir *jetzt* Mensch-ärgere-dich-nicht?«, fragte Tabea. Ich unterdrückte einen Rülpser.

»Heißt das ja oder nein?«

»Weder noch. Ich fahre jetzt zum Sonnendeck. Wenn es warm genug zum Schwimmen ist, spiele ich nicht mit dir.«

»Nach dem Essen soll man nicht schwimmen«, belehrte mich Miss Pausbacke.
Ich stand wortlos auf und verließ den Speisesaal, hartnäckig von ihr verfolgt.
Oben auf dem Sonnendeck hatte man eine tolle Aussicht auf die kleine Hafenstadt La Pallice und das weite, flache Land dahinter. Das Wetter war viel freundlicher als in den letzten Tagen. Es wehte zwar ein kräftiger Wind, aber es regnete nicht mehr. Ab und zu stahl sich sogar die Sonne durch die Wolken. Zum Schwimmen war es aber zu kühl.
Ich wollte gerade zum Lift zurück, als Hugos Stimme hinter mir ertönte.
»Ach, hier steckst du!«, sagte er. »Ich hab schon das halbe Schiff nach dir abgesucht.«
»Wer ist das?«, wollte Tabea sofort wissen.
Anstandshalber stellte ich die beiden gegenseitig vor. Tabea lachte, als sie Hugos Namen hörte.
»Darf ich dich Goofy nennen?«, fragte sie. »Hugo finde ich einfach zu komisch.«
Er würdigte sie keines Blickes und schaute hinüber zum Hafen. Dann schlug er mir vor, mit ihm an Land zu gehen und Rollerskates zu fahren.
»O ja, gute Idee!«, rief Tabea begeistert.
Ich schüttelte leicht genervt den Kopf. »Du solltest dir einen Babysitter zulegen, weißt du das?«
»Wozu?«, erwiderte sie. »Ich hab doch schon zwei. Gehen wir jetzt?«

***

Miss Pausbacke turnte auf einem Spielplatz in der Nähe des Hafens herum, während ich auf einer Bank saß und Goethe streichelte, der es sich auf meinem Schoß bequem gemacht hatte. Tabea hatte sich entschlossen, auch Hugo in ihr Geheimnis einzuweihen. Der hatte es ziemlich ungerührt aufgenommen. Er saß jetzt neben mir und las in dem Taschenbuch, das er auch sonst immer mit sich rumschleppte. Die Lust aufs Skaten war ihm ziemlich schnell vergangen. Er hatte sich ein paar Kunststücke beibringen wollen, und die waren fast alle danebengegangen. Nach der x-ten Bauchlandung hatte er wütend die Dinger ins Gras geschleudert und verkündet, dass er lieber sein Buch auslesen wolle.

Endlich war er auf der letzten Seite angekommen.

»Muss ja ungeheuer spannend gewesen sein«, meinte ich, als er das Buch zuklappte.

»Eigentlich nicht. Es geht um einen Jungen, dessen Großvater gestorben ist.«

»Hm.«

Wir schwiegen eine Weile vor uns hin. Ich beobachtete zwei Vögel unter der Schaukel, die sich um ein Stückchen Weißbrot stritten.

»Wenn mein Opa stirbt, bin ich ganz allein«, sagte Hugo plötzlich.

»Und was ist mit deinen Eltern?«

»Die sind doch nie da. Und demnächst bin ich auch nicht mehr da.«

»Hä?«

Hugo zeichnete mit seiner rechten Fußspitze ein Muster in den Sand.

»Was meinst du damit?«, hakte ich nach.

»Nach den Sommerferien werde ich ins Internat geschickt.«

»Wieso?«

»Weil sich meine Eltern trennen. Das ist auch der Grund, weshalb ich nicht mit meinem Vater in Urlaub gefahren bin. Er richtet sich gerade eine neue Wohnung in Berlin ein.«

»Aber warum musst du denn ins Internat?«

»Ich konnte mich nicht entscheiden, bei wem von den beiden ich leben will. Und da dachten sie halt ...«

Er stieß einen tiefen Seufzer aus. Goethe kletterte sofort auf seinen Schoß und leckte ihm die Hand.

»Er spürt, dass du traurig bist«, sagte ich.

»Quatsch!«, knurrte Hugo und vergrub die Hände in den Taschen.

»Du willst da also selbst hin?«

»Sonst noch was? Das Internat ist am Ende der Welt irgendwo im Bayerischen Wald! Am liebsten würde ich zu meinem Opa ziehen. Aber er behauptet, das schafft er nicht mehr allein. Wenn meine Oma noch leben würde, wäre es was anderes.«

»Wann ist sie denn gestorben?«, fragte ich.

»Vor zwei Jahren. Seitdem hat sich mein Opa irgendwie –« Hugo zuckte mit den Schultern. »Er ist eine richtig trübe Tasse geworden.«

»Na ja, du bist auch nicht gerade der lustigste Junge, der mir je begegnet ist«, sagte ich. »Aber jetzt weiß ich immerhin, dass es einen Grund dafür gibt.«

Wir schwiegen wieder. Hugo war wirklich nicht zu beneiden, dachte ich. Die Trennung seiner Eltern war sicher schon schlimm genug. Warum musste er noch dazu ins Internat? Das müsste doch irgendwie zu verhindern sein. Ich dachte darüber nach. Und schon hatte ich wieder eine meiner berühmten Ideen.

»Wie wäre es, wenn sich dein Opa eine neue Frau suchen würde?«, fragte ich Hugo.

Ein schwaches Grinsen erschien auf seinem Gesicht. »Genau deshalb haben ihn meine Eltern zu der Kreuzfahrt überredet. Sie dachten, so ein Luxusschiff ist der passende Ort, um jemanden kennen zu lernen, der Opa auf andere Gedanken bringt. Aber welche Frau guckt ihn schon an, solange er mit so einem Gesicht rumläuft?«

»Tja, da müssen wir halt ein bisschen nachhelfen«, schlug ich vor.

»Und wie?«

»Wart's ab«, sagte ich.

***

Am nächsten Vormittag brannte endlich die Sonne von einem strahlend blauen Himmel. Ich döste im Badeanzug auf einem Liegestuhl vor mich hin. Schräg gegenüber ließ sich Oma grillen. Die zwei Liegestühle neben ihr hatte ich für Hugo und seinen Opa reserviert.
Es war wirklich super auf dem Lidodeck. Wenn es mir zu heiß wurde, sprang ich ins Schwimmbecken. Wenn ich Durst hatte, bestellte ich was beim Steward. Und wenn es mir zu langweilig wurde, las ich mein Buch über Ratten oder unterhielt mich mit der Frau, die im Speisesaal meine Tischnachbarin war. Inzwischen hatte ich erfahren, warum ihre Haut so straff gespannt war: Sie hatte sich schon dreimal liften lassen. Darum nannte ich sie in Gedanken nur noch Frau Lift. Aber sonst war sie eigentlich ganz in Ordnung.
Nachdem sie sich zum hundertsten Mal mit Sonnenmilch eingeschmiert hatte, sagte sie auf einmal mit schläfriger Stimme zu mir: »Was ich dich schon längst fragen wollte: Warum bist du immer allein, wenn ich dich sehe? Kümmern sich deine Eltern denn gar nicht um dich?«
Auf so eine Frage war ich natürlich längst vorbereitet. Mit tiefernster Miene antwortete ich: »Die können sich nur um ihren Magen kümmern, weil sie Seereisen nicht vertragen. Sie hängen in ihrer Kabine und müssen sich dauernd übergeben.«
»Wirklich? Aber warum buchen sie dann überhaupt eine Kreuzfahrt?«

»Äh – weil sie zu viel Geld haben.«
»Ach so«, meinte Frau Lift verständnislos und vergrub die Nase wieder in ihrer Illustrierten.
Wenig später erschienen dann Hugo und sein Opa und ließen sich auf den Liegestühlen neben Oma nieder. Oma und Hugos Opa lächelten sich an, als sie sich grüßten. Gut, weiter so!, dachte ich. Doch in den nächsten Stunden passierte etwas Furchtbares – nämlich gar nichts. Oma las pausenlos in ihrem Buch, und Hugos Opa blätterte in Zeitungen. Sie guckten sich nicht an und redeten kein Wort miteinander. Meine Stimmung wurde immer mieser. Ich hatte mir den Ablauf meiner Aktion etwas anders vorgestellt!
Schließlich passierte dann doch etwas. Als Hugos Opa vom Swimmingpool zurückkam und sich nach seinem Handtuch bückte, stieß er Omas Kaffeetasse um. Der Inhalt floss über ihr Brillenetui.
Oma schaute hoch. »Können Sie nicht aufpassen?«
»Stellen Sie Ihre Tasse gefälligst nicht so dicht an meinen Liegestuhl«, sagte Hugos Opa.
»Es gibt Leute, die sich für eine solche Ungeschicklichkeit entschuldigen«, erwiderte Oma giftig.
»Ach, bestellen Sie sich doch einen neuen Kaffee und lassen Sie mich in Ruhe!«
Danach stand Oma auf, packte ihre Sachen zusammen und suchte sich anderswo einen freien Liegestuhl.
Hugo warf mir einen düsteren Blick zu, den ich nur mit einem Achselzucken beantworten konnte. Tja, das

war's dann wohl gewesen! Bereits einen Tag nach seiner Gründung musste das Heiratsinstitut Kerstin Feldhaus leider wegen Erfolglosigkeit schließen.

***

Am Nachmittag wollte ich in die Bibliothek, weil ich das Rattenbuch ausgelesen hatte. Auf der Treppe kam mir – wieder mal – Hugo entgegen.

»War ja wirklich 'ne tolle Idee«, spottete er.

»Na ja, hat eben nicht ganz geklappt«, sagte ich ein bisschen verlegen.

»Du bist verrückt! Dachtest du im Ernst, du brauchst nur in die Hände zu klatschen, und schon hat mein Opa eine neue Frau?«

»Es war immerhin einen Versuch wert, oder?«, verteidigte ich mich.

»Da musst du dir schon was Besseres einfallen lassen.«

Jetzt wurde ich langsam sauer. »Ist das der Dank dafür, dass ich dir helfen will?«, fauchte ich.

»Ich bin echt gerührt«, meinte er nur und marschierte davon.

»Blödmann!«, rief ich ihm hinterher. Ich setzte meinen Weg zur Bibliothek fort, aber nach wenigen Stufen musste ich anhalten, sonst wäre ich über den Schiffsdetektiv gestolpert. Er kniete am Boden und starrte etwas an, was ich erst auf den zweiten Blick als Hundehaufen erkannte.

Der Schnüffler tat genau das, wofür er bezahlt wurde: Er beugte sich über den Haufen und schnüffelte daran. Dann verzog er angewidert das Gesicht, holte eine kleine, durchsichtige Plastiktüte aus der Tasche, zog sich Gummihandschuhe an, hob den Haufen hoch und ließ ihn in die Tüte fallen.
»Das ist ja ekelhaft!«, rief ich unwillkürlich. »Warum machen Sie denn so was?«
»Beweismittel Nummer eins«, verkündete er wichtig und hielt mir die Tüte vor die Nase. »Es gibt jemanden an Bord, der hier nichts zu suchen hat. Und ich werde ihn finden.«
»Sind Sie sicher?«
»Natürlich«, sagte er. »Dafür hab ich's schließlich hier oben.«
Er tippte sich an die Stirn. Danach hatte er tatsächlich was da oben. Es war bräunlich und erinnerte mich an Goethe.

***

Den nächsten Zwischenstopp legte unser Schiff in Villagarcia, einer spanischen Hafenstadt, ein.
Am Frühstücksbüfett überraschte mich Oma mit dem Vorschlag, nachher mit ihr durch den Ort zu bummeln. »Wolltest du nicht den Ausflug mitmachen?«, fragte ich. »Ich hab gerade erfahren, dass wir dabei sechs Stunden im Bus sitzen müssen«, erklärte Oma.

»Und darauf hab ich bei der Hitze keine Lust.«
Als wir nach dem Frühstück das Schiff verlassen wollten, kam Miss Pausbacke hinter mir hergelaufen.
»Nimmst du mich mit?«, bettelte sie.
Oma schaute erst sie, dann mich an. »Sicher, mein Kind«, sagte sie, bevor ich auch nur eine Chance hatte, sie davon abzuhalten.
Miss Pausbacke wandte sich wieder an mich. »Dann zeigt dir Goethe auch das erste Kunststück, das ich ihm beigebracht habe«, sagte sie und strahlte mich mit ihren blauen Augen an.
O Mann! Es war irgendwie nicht möglich, ihr ernsthaft böse zu sein.
»Na schön«, seufzte ich, worauf Miss Pausbacke einen Freudenschrei ausstieß, von dem mir fast das Trommelfell platzte.
Auf der Gangway erzählte sie mir, dass sie gestern den ganzen Tag in ihrer Kabine geblieben war.
»Ich musste nämlich meinen Vater pflegen.«
»Was hat ihm denn gefehlt?«
»Einfälle«, sagte Tabea. »Wenn er nicht weiß, was er schreiben soll, legt er sich ins Bett und jammert vor sich hin.«
»Und das hilft?«, fragte ich erstaunt.
»Meistens ja. Heute arbeitet er jedenfalls wieder an seinem neuen Buch.«
Als nächstes übernahm ich die Aufgabe, Oma in das Goethe-Geheimnis einzuweihen.

»Ach du meine Güte!«, rief sie. »So viele blinde Passagiere auf einen Haufen!«
»Ach ja, apropos Haufen«, sagte ich und erzählte Tabea, wobei ich gestern den Schiffsdetektiv überrascht hatte. Ihre Pausbacken wurden ausnahmsweise ganz blass, als sie hörte, dass der Detektiv etwas ahnte.
»Keine Angst, der wird Goethe bestimmt nicht finden«, beruhigte ich sie. »Dafür ist er nicht schlau genug.«
»Da wäre ich mir nicht so sicher«, mischte sich Oma ein. »Vielleicht verstellt er sich nur und ist in Wirklichkeit ein ganz gerissener Bursche. An eurer Stelle würde ich mich vor ihm in Acht nehmen.«
Inzwischen hatten wir den Hafen verlassen und schlenderten eine belebte Einkaufsstraße entlang. Tabea holte Goethe aus dem Rucksack und nahm ihn an die Leine. Das Wollknäuel hatte sich eine große Aufgabe vorgenommen: Es wollte an jeder Straßenlaterne von Villagarcia seine Duftmarke hinterlassen. Das sorgte dafür, dass wir im Zeitlupentempo vorwärts kamen. Aber wir hatten es sowieso nicht eilig, und da es immer heißer wurde, war es uns sogar ganz recht.
Während Oma und ich uns die Schaufenster anguckten, hielt Tabea unermüdlich die Augen nach einem Spielplatz offen – vergeblich allerdings, und so begann sie unser Spaziergang zu langweilen. Das war mein Pech, denn nun verfiel sie natürlich darauf, dass ich sie irgendwelche furchtbar schwierigen Wörter buchsta-

bieren lassen sollte. Zum Glück steuerte Oma bald darauf aufs nächste Straßencafé zu.
Wir setzten uns unter einen riesigen Sonnenschirm, und Oma bestellte Kaffee und für Tabea und mich Limo.
»Ist Kaffee denn gesund bei der Hitze?«, fragte ich sie.
»Glaub mir, es gibt nichts Ungesünderes, als ständig auf die Gesundheit zu achten!«
Goethe schleckte gierig das Wasser aus dem Napf, den der Kellner vor ihn hingestellt hatte. Dann ließ er sich erschöpft zwischen Tabeas Füße fallen.
Als sich Oma ihren Kaffee einschenkte, fiel ihr der gestrige Zwischenfall auf dem Lidodeck wieder ein.
»Hast du mitgekriegt, wie dieser Alte meine Kaffeetasse umgeworfen hat?«, fragte sie mich.
»Du – du meinst Hugos Opa?«
Sie nickte. »Ich hätte ihm am liebsten eine Ohrfeige verpasst.«
Ich spielte nervös mit meinen Fingern. »Eigentlich ist er ganz nett«, murmelte ich und schaute Oma dabei nicht an. Sie merkte sofort, dass irgendwas nicht stimmte.
»Was hast du denn?«, fragte sie.
Da gestand ich ihr, dass ich vorgehabt hatte, sie mit Hugos Opa zusammenzubringen.
Oma kriegte den Mund nicht mehr zu.
»Was? Ausgerechnet mit diesem unfreundlichen Kerl wolltest du mich verkuppeln?«

»Er war ganz anders, ehe seine Frau gestorben ist«, platzte ich raus. »Vielleicht wird er ja wieder richtig fröhlich, wenn er nochmal heiratet. Und dann könnte auch Hugo bei ihm leben und müsste nicht in den Bayerischen Wald!«

Oma runzelte die Stirn. »Wovon redest du eigentlich?«, fragte sie.

Darauf erklärte ich ihr die Sache ganz genau.

»Aha«, sagte Oma. »Wenn sein Opa eine neue Frau findet, muss Hugo also vielleicht nicht ins Internat?«

»Genau.«

»Und da hast du an mich gedacht?«, rief sie und lachte schallend. »Das war ja wohl der dümmste Einfall, den du je hattest!«

»Wahrscheinlich«, gab ich kleinlaut zu.

»Glaubst du im Ernst, dass sich eine Frau in den erstbesten Mann verliebt, der zufällig auf dem Liegestuhl nebenan in der Sonne döst?«

Ich zuckte bloß mit den Schultern.

Oma grinste. »Nee, Kerstin, zum Verlieben gehört noch ein bisschen mehr.«

»Genau!«, meldete sich jetzt Tabea zu Wort, die erstaunlich lange ihren Mund gehalten hatte. »Da gehören Bauchschmerzen dazu und Wutanfälle und ganz langes Telefonieren. Bei meiner Schwester ist das auch immer so.«

Oma stieß mich an. »Die Kleine versteht mehr davon als du.«

Ich hatte fürs Erste genug von dem Thema und fragte Miss Pausbacke: »Sag mal, was ist denn nun mit Goethes Kunststück? Ich kann kaum abwarten, dass ich es endlich sehe.«
Sie ließ sich nicht zweimal bitten und holte ein rotes Gummibällchen aus der Hosentasche.
»Pass auf, Goethe. Siehst du den Ball? Na los, hol ihn!« Sie warf den Ball ein paar Meter weit.
Goethe war anscheinend in Tiefschlaf gesunken. Er rührte sich kein bisschen.
Tabea stand auf, holte den Ball und startete von vorn. Diesmal hob Goethe müde den Kopf und guckte dem Ball hinterher. Auch der dritte Versuch entlockte ihm nur ein herzhaftes Gähnen. Erst bei der fünften Wiederholung stand er auf und machte ein paar Schritte in Richtung Ball.
»Jetzt – siehst du? Jetzt hat er's kapiert!«, triumphierte Tabea.
Sie hatte sich zu früh gefreut. Zwei Meter vor dem Ball machte der kleine Hund kehrt, kam zu Tabea zurück und ließ sich wieder zwischen ihre Füße fallen. Ich grinste und klatschte Beifall.
»Goethe macht eben, was er will«, murmelte Miss Pausbacke. Und ich dachte: Genau wie sein Frauchen …

Eine Serviette zu viel

Nachdem wir aufs Schiff zurückgekehrt waren, verkrümelte sich Oma vor der Hitze in unsere Kabine und machte ein Mittagsschläfchen. Ich hätte mich auch gern versteckt, und zwar vor Tabea, aber die klebte an mir wie Kaugummi. Ob am Swimmingpool, in der Bibliothek oder im Squashcenter – Miss Pausbacke wich mir nicht von der Seite. Erst als es Zeit wurde, sich fürs Abendessen umzuziehen, verschwand sie in ihrer Kabine.

Ich fuhr runter auf unser Pazifikdeck. Als ich den Aufzug verließ, hörte ich eine Frau singen. Es war ein Lied in einer fremden Sprache. Das klang so vergnügt, dass ich vor der halb offenen Tür stehen blieb, aus der der Gesang kam. Kurz darauf brach er ab. Neugierig steckte ich den Kopf durch die Tür. Und wer stand da hinter einem Bügelbrett und lachte mich an? Die Frau, mit

der ich vor ein paar Tagen beim Skaten unten auf dem A-Deck zusammengestoßen war.
»Komm ruhig rein«, sagte sie. »Ich hab nicht dran gedacht, dass die Tür offen steht, sonst hätte ich leiser gesungen.«
»Das war ein tolles Lied!«, sagte ich bewundernd.
»Tja, Lieder sind vielleicht das einzige, wovon wir bei uns in Andalusien mehr als genug haben«, meinte sie und faltete ein Handtuch zusammen.
»Wenn Sie Spanierin sind, warum können Sie dann so gut Deutsch?«, wollte ich wissen.
»Weil ich schon seit zwanzig Jahren in der Nähe von Stuttgart lebe«, antwortete sie. »Wohnst du hier auf dem Pazifikdeck?«
Ich nickte nur. Dann schaute ich mich in dem Bügelzimmer um. In den Regalen stapelten sich Bettwäsche und Handtücher. Es gab keine Luke, durch die man rausgucken konnte. Von dem Neonlicht, das den Raum beleuchtete, taten einem die Augen weh.
»Und hier drin verbringen Sie die ganze Reise?«, fragte ich sie.
»Fast. Aber das ist besser als das Fließband, an dem ich jahrelang gestanden habe. Du brauchst also nicht vor Mitleid mit mir zu weinen«, fügte sie augenzwinkernd hinzu. »Die einen machen hier Urlaub, und die andern arbeiten für sie. Wenn ich im Urlaub bin, lasse ich mich auch bedienen. Obwohl – so eine Kreuzfahrt könnte ich mir natürlich nie leisten.«

»Ich auch nicht«, rutschte es mir heraus.
Zum Glück reagierte sie nicht darauf, sondern fragte: »Musst du nicht bald zum Abendessen?«
»Bin schon weg«, sagte ich und ging zur Tür.
»Oder hast du noch Zeit für ein kleines Lied?«
»Ja, gerne – wenn es nicht gerade zehn Strophen hat.«
Sie lachte kurz auf, stellte das Bügeleisen hin, stemmte die Hände in die Hüften und sang los. Ehrlich, ich hätte ihr stundenlang zuhören können. Aber auch die schönste Musik der Welt hätte es nicht geschafft, mich vom Abendessen abzuhalten. Und darum düste ich bald darauf ab in Richtung Speisesaal.

***

Lissabon! Endlich ging die »MS Hermes« mal in einer richtig großen Stadt vor Anker. Leider hatte ich Oma – die zusammen mit den meisten anderen Passagieren eine Stadtrundfahrt unternahm – versprechen müssen, das Hafengelände nicht zu verlassen, damit ich nicht verloren ging. Aber dort war ein solcher Rummel, dass ich nirgends gefahrlos mit den Rollerskates rumsausen konnte. Deshalb wagte ich mich notgedrungen doch tiefer in die Stadt, auf der Suche nach einer ruhigen Straße oder einem Park. Und dann gab es unterwegs so viel zu sehen, dass ich bald keinen Gedanken mehr an die Skates in meiner Plastiktüte verschwendete; stattdessen bummelte ich gemütlich durch die Gegend und

freute mich über die großen Plätze und das Gewimmel auf den Straßen.
Zum Glück war Miss Pausbacke diesmal nicht mit von der Partie. Ausnahmsweise war ich hart geblieben und hatte es abgelehnt, sie mitzunehmen. Ich hatte mich selbst von ihrem schönsten Bettelblick nicht beeindrucken lassen und war von Bord marschiert. Besonders wohl hatte ich mich dabei allerdings nicht gefühlt …
Aber jetzt spazierte ich durch die Straßen von Lissabon und dachte nur daran, dass ich Ferien hatte und die tollste Reise meines Lebens machte.
Ich kam an einem Brunnen vorbei. Dort begegnete mir ein Junge, der irgendwie Hugo ähnlich sah. Ach ja, Hugo! Seit unserm Streit vorgestern hatte ich kein Wort mehr mit ihm gewechselt. Ich war immer noch sauer, weil er sich über meinen großartigen Plan, für seinen Opa eine Frau zu besorgen, so lustig gemacht hatte. Gestern Abend im Europa-Salon hatte ich ihn wie Luft behandelt. Eigentlich wäre ich zwar ganz gern ein bisschen mit ihm zusammen zur Musik herumgewackelt, aber ich war zu stolz, ihn zu fragen. Er und sein Opa hatten natürlich die ganze Zeit trübsinnig in die Gegend geschaut.
Komisch: Hugo tat mir irgendwie ehrlich Leid, aber gleichzeitig fand ich seine ewige Trauermiene nicht zum Aushalten. Am liebsten hätte ich ihn an einen Stuhl gefesselt und ihn dann so lange durchgekitzelt, bis ihm vor Lachen die Luft weggeblieben wäre!

Ich ging weiter und blieb nach einer Weile vor einem Schaufenster stehen, wo es jede Menge verrückter Hüte zu sehen gab. Auf einmal entdeckte ich Miss Pausbackes Spiegelbild in der Scheibe. Ich musste über mich selbst grinsen. Sah ich schon Gespenster? Ich drehte mich um – und mich traf fast der Schlag: Tabea stand tatsächlich mit Goethe an der Leine auf der anderen Straßenseite und guckte zu mir rüber!

Meine Güte, war die denn total übergeschnappt? Sie musste mich vom Hafen bis hierher verfolgt haben. Mich packte die Wut. Dass mich diese Klette nicht wenigstens einen Tag in Ruhe lassen konnte! Ich beschloss, sie einfach abzuschütteln. Mit großen Schritten setzte ich meinen Weg fort und schlug dann so viele Haken wie ein Hase auf der Flucht. Als ich mich nach zehn Minuten wieder umschaute, war von Tabea nichts mehr zu sehen.

Blöd war nur, dass ich kein Geld hatte, um mich in eines der überfüllten Straßencafés zu setzen und eine Limo zu trinken. Irgendwie sahen die Leute alle so zufrieden aus, die da um die kleinen Tische hockten und miteinander quatschten oder einfach nur die Spaziergänger beobachteten. Meine Kehle wurde immer trockener, besonders, als ich eine endlose, steile Gasse raufstapfte. Aber als ich oben angekommen war, wurde ich für die Anstrengung mit einem irren Ausblick belohnt. Die ganze Stadt lag zu meinen Füßen, und dahinter das Meer. Die »MS Hermes« war das größte

Schiff im Hafen. Und dann war da noch eine gigantische Brücke, die bestimmt länger war als alle drei Düsseldorfer Rheinbrücken zusammen.
Ich schaute auf die Uhr. Mir blieben noch fünf Stunden Zeit, dann würde unser Schiff wieder ablegen und Kurs auf die Insel Madeira nehmen. Ich wanderte also weiter. Ab und zu guckte ich mich um, aber Miss Pausbacke tauchte nicht mehr auf. Ein bisschen mulmig war mir schon bei dem Gedanken, dass die Kleine jetzt allein durch die große Stadt zog, aber eigentlich hatte ich keinen Zweifel daran, dass sie heil auf die »MS Hermes« zurückkehren würde. Erstens war sie weder auf den Kopf noch auf den Mund gefallen, und zweitens hatte sie Goethe bei sich. Und der würde schon dafür sorgen, dass ihr nichts zustieß.
Kaum eine Viertelstunde später entdeckte ich einen Park, in dem es von Rollerskatern nur so wimmelte. Ruckzuck setzte ich mich auf eine Wiese, tauschte meine Turnschuhe gegen die Skates, und schon flitzte ich mit den andern Kids die Wege entlang.
Wahnsinn!
Der Park war sehr hügelig. Es gab ein paar steile Abfahrten, die man im Supertempo runtersausen konnte. Ich schaffte es nicht immer bis ganz nach unten, aber das machte nichts – jedes Mal blieb jemand stehen, half mir auf die Beine und sagte irgendwas Unverständliches, aber Freundliches.
Als es zu heiß wurde, ließ sich eine Gruppe von Ska-

tern im Schatten unter einem großen Baum nieder, um eine Pause einzulegen. Ich beobachtete sie von weitem beim Essen und Trinken und dachte ans Frühstücksbüfett. Wieso hatte ich mir nicht heute Morgen sämtliche Taschen mit Fressalien voll gestopft? Plötzlich winkte ein Junge in meine Richtung. Meinte er etwa mich? Ich schaute mich um. Der Junge winkte wieder. Ich zeigte auf meine Brust, worauf er nickte. Ich ging zu ihm rüber. Er war älter als ich, hatte ein Tattoo auf dem linken Oberarm und hielt mir seine Colaflasche hin. Einfach so. Ich nahm sie und trank sie fast aus. Dann boten mir auch die anderen was von ihren Sachen an – Brot, Apfel, Schokoriegel, Milch, Orangensaft –, und ich futterte munter drauflos. Wir konnten uns zwar nicht unterhalten, aber wir verstanden uns auch ohne Worte prima.

Nach der Mahlzeit legten sich alle ins Gras und dösten. Ich war eigentlich nicht besonders müde, aber ich ließ mich von der allgemeinen Schläfrigkeit anstecken und klappte die Augen zu. Als ich wieder aufwachte, war ich allein unter dem Baum. Die anderen rollten längst schon wieder durch die Gegend. Natürlich mischte ich mich sofort unter sie und sauste die Parkwege entlang. Sooft der Junge mit dem Tattoo mir begegnete, grinste er. Schade, dachte ich, dass unser Schiff nicht noch ein paar Tage in Lissabon – ach du Schande, unser Schiff! Ich guckte auf die Uhr: In zwanzig Minuten würde die »MS Hermes« in See stechen, egal, ob ich an Bord war

oder nicht! Und Oma würde mich frühestens heute Abend vermissen!
Ich winkte kurz zum Abschied und flog förmlich zum Ausgang des Parks. Die Skates ließ ich an.
Dummerweise war auf den Bürgersteigen ein solches Gedränge, dass ich kaum vorwärts kam. Und eine Straße weiter fiel mir außerdem ein, dass ich gar keine Ahnung hatte, wo genau der Hafen war. Ich wollte zurück in den Park und den netten Jungen mit dem Tattoo um Hilfe bitten, aber ich fand den Eingang nicht wieder. Was jetzt? Mein Herz klopfte wie verrückt.
Dann entdeckte ich eine enge, steile Gasse. War das nicht dieselbe, die ich vor einigen Stunden raufgekommen war? Kurz entschlossen wollte ich sie abwärts rollen, aber nach wenigen Metern blieb ich mit einem der Skates in einer Straßenbahnschiene stecken. Wieso waren hier Schienen? Die Gasse war doch viel zu eng für eine Straßenbahn.
Irrtum. Plötzlich hörte ich ein seltsames Rattern, gefolgt von lautem Geklingel. Jede Sekunde musste die Bahn um die Kurve biegen. Verzweifelt versuchte ich, meinen Fuß aus der Schiene zu befreien.
»Warte, ich helfe dir!«, rief eine bekannte Stimme hinter mir.
Ich drehte mich um und sah Tabea mit Goethe an der Leine. Sie trat so kräftig gegen meine rechte Ferse, dass die Räder aus der Schiene sprangen. Blitzschnell

drückten wir uns an die nächste Hauswand, und schon ratterte die Straßenbahn an uns vorbei.
»Das war ganz schön knapp«, stöhnte ich und warf Tabea einen dankbaren Blick zu. »Wo kommst du überhaupt her? Ich hab dich doch abgehängt.«
»So leicht kannst du uns zwei Spürhunden nicht entwischen«, meinte sie stolz.
Ich stieg in Windeseile aus den Skates und in meine Turnschuhe. Dann rannten wir zusammen die Gasse entlang. »In zehn Minuten legt das Schiff ab«, keuchte ich. »Weißt du, wo genau der Hafen liegt?«
»Nö. Ich dachte, *du* weißt Bescheid.«
»Dann müssen wir ein Taxi nehmen.«
Gesagt, getan. Wir sprangen ins nächste Taxi.
»Wir müssen schnell zur ›MS Hermes‹«, sprudelte ich. »›MS Hermes‹! ›MS Hermes‹!«, wiederholte ich ein paar Mal. Der Fahrer war ein dicker Mann mit Schnurrbart. Er nickte und fuhr los, während Tabea ihren Hund in den Rucksack verfrachtete. Als ich wieder Luft bekam, fragte ich sie: »Warum bist du mir eigentlich die ganze Zeit nachgelaufen?«
»Was hätte ich denn sonst machen sollen? Mein Vater arbeitet doch den ganzen Tag an seinem neuen Buch. Bist du mir böse, weil ich dich verfolgt habe?«
»Und wie!«, seufzte ich. »Ohne dich läge ich jetzt zu Brei zerquetscht unter einer Straßenbahn.«
Ich schwor mir, mich nie wieder über Tabeas Anhänglichkeit aufzuregen.

In diesem Moment rief Miss Pausbacke: »Da ist ja unser Schiff!«
Das Taxi hielt. Der Fahrer drehte sich um und sagte etwas auf Portugiesisch.
»Ich hab kein Geld«, murmelte ich. »Du vielleicht?«
»Woher denn?«, sagte Tabea.
»Mist!«
Der Fahrer sagte wieder etwas und schaute mich auffordernd an. Als weder ich noch Tabea Anstalten machten zu bezahlen, wurde seine Stimme allmählich lauter, bis sie richtig wütend klang.
Die Zeit lief uns davon, ich hatte keine Wahl. Mit einem tiefen Seufzer holte ich die Rollerskates aus der Plastiktüte und drückte sie dem Fahrer in die Hand.
Er betrachtete sie von allen Seiten, schüttelte den Kopf und gab sie mir zurück. Dann zeigte er auf Tabeas Rucksack.
»Nein!«, protestierte sie, doch der Fahrer nahm ihr den Rucksack aus der Hand, griff hinein – und holte Goethe raus, der ihm auf der Stelle die Hose bepinkelte.
Jetzt ist alles aus, dachte ich, doch plötzlich fing der Fahrer an zu lachen. Er lachte und lachte, stopfte Goethe zurück in den Rucksack, warf den auf Tabeas Schoß und gab uns mit einer Handbewegung zu verstehen, dass wir aussteigen sollten. Wir sprangen sofort aus dem Taxi und rannten zum Schiff, verfolgt vom dröhnenden Gelächter des Fahrers.
»Nicht zu fassen, wie freundlich die Leute hier sind!«,

rief ich Tabea zu. »Wenn ich groß bin, wandere ich nach Portugal aus!«

***

Den bisher aufregendsten Tag dieser Reise beendete ich mit Tabea in »Harry's New York Bar«, wo ich meine Retterin zu einem Glas Kokosmilch einlud. Wir saßen in der Nähe des Klavierspielers und wunderten uns darüber, dass seine Wurstfinger die richtigen Tasten trafen. Tabea hatte wie immer ihren Rucksack umgeschnallt; an den hatten sich die Leute inzwischen so gewöhnt, dass keiner mehr komisch guckte.
Irgendwann saßen Hugo und sein Großvater am Nebentisch und begannen eine Schachpartie auf einem winzigen Brett. Ich tat so, als hätte ich sie nicht bemerkt.
»Habt ihr euch gestritten?«, fragte Miss Pausbacke sofort. Ihr entging natürlich nichts.
»So ähnlich«, antwortete ich ausweichend.
»Dann vertragt euch doch wieder«, meinte sie treuherzig. »Das machen meine Schwester und ich mindestens zehnmal am Tag.«
»Aha.«
Plötzlich leuchteten Tabeas Augen auf. »Oder redet ihr nicht miteinander, weil ihr euch liebt? Das ist bei meiner Schwester und ihren Freunden auch manchmal so.«

Ich schnitt eine Grimasse. »Sonst noch was?«
Worauf Tabea aufstand, Hugo antippte und fragte: »Sag mal, bist du in Kerstin verliebt?«
Ich wäre am liebsten im Boden versunken.
Hugo starrte aufs Schachbrett und tat so, als hätte er nichts gehört.
»Guck mal, dein Freund wird ganz rot«, sagte Tabea so laut zu mir, dass es auch Hugo nicht überhören konnte. »Ich kenn das von meiner Schwester. Das ist ein eindeutiges Zeichen dafür, dass –«
»Können wir uns mal über was anderes unterhalten?«, fiel ich Miss Schwatzbacke ins Wort. Erst vor wenigen Stunden hatte ich beschlossen, sie zu mögen, aber Tabea konnte es einfach nicht lassen, sich unbeliebt zu machen.
In diesem Moment sah ich den Schiffsdetektiv auf uns zukommen. Er blieb an unserem Tisch stehen und musterte abwechselnd Tabea und mich.
»Darf ich mich kurz zu den Damen setzen?«, fragte er.
»Nein«, sagte Tabea, woraufhin sich der Detektiv zwischen uns niederließ. Danach schwieg er geheimnisvoll vor sich hin. Tabea und ich begannen nervöse Blicke zu wechseln. Was wollte er von uns?
»Kommt dein Vater gut mit seinem neuen Roman voran?«, erkundigte er sich schließlich bei Tabea.
»Jaja«, murmelte sie.
»Ich würde gerne wissen, woher er die Ideen nimmt für seine Krimis. Wie kann man sich ständig irgend-

welche Verbrechen ausdenken und die Aufklärung gleich dazu?« Er kratzte sich am Kopf, auf dem es mehr kahle Fläche als Haare gab. »Schade, dass dein Vater fast nie seine Kabine verlässt. Er könnte mir helfen, zwei blinde Passagiere aufzuspüren.«

»Nanu?«, sagte ich so locker wie möglich, obwohl mir das Herz bis zum Hals klopfte.

»Ich habe eben nach dem Abendessen die Servietten durchgezählt«, erklärte er mit bedeutungsvollem Blick. »Das mache ich auf jeder Kreuzfahrt, obwohl mich die Leute in der Küche immer auslachen. Und heute hatte ich Erfolg: Es war eine Serviette zu viel.«

»Was meinen Sie damit, zu viel?«, fragte Tabea.

»Laut Passagierliste sind 568 Passagiere an Bord. Und wie viele Servietten habe ich gezählt? 569. Es gibt also außer einem Hund, von dem ich schon mehrere Haufen beschlagnahmt habe, noch einen zweibeinigen blinden Passagier auf dem Schiff. Und ich werde mir beide schnappen«, fügte er grinsend hinzu.

»Viel Glück!«, wünschte ich ihm laut und dachte das genaue Gegenteil.

»Danke ... wie heißt du nochmal? Barbara?«

»Nee«, sagte ich, »nicht Barbara, son – aua!«

Diesmal war ich es, die durch einen kräftigen Tritt gegen das rechte Schienbein am Reden gehindert wurde, und zwar von Tabea.

Der Detektiv griff in seine Jackentasche, holte mehrere Blätter heraus und faltete sie auseinander.

»Äh – ist das die Passagierliste?«, fragte Tabea vorsichtig.
Der Detektiv nickte. Dann lächelte er mich honigsüß an und meinte: »Also nicht Barbara, sondern –?«
Ich schluckte.
»Na hör mal, du wirst doch wohl deinen eigenen Namen wissen, oder?«, ermunterte mich der Schnüffler.
Tschüs, Karibik!, dachte ich niedergeschlagen. Jetzt ist es aus. Im nächsten Hafen werde ich das Schiff verlassen müssen. Und Oma wahrscheinlich auch, weil sie mich an Bord geschmuggelt hat.
Ich sah Tabea ratlos an, und sie guckte genauso ratlos zurück. Da kam mir aus heiterem Himmel jemand anderes zu Hilfe.
»Da ist ein Hund!«, schrie Hugo.
»Wo?«, rief der Detektiv und sprang auf.
»Er ist gerade aus der Bar gelaufen. In Richtung Speisesaal.«
Der Detektiv rannte davon, um den Phantasiehund zu verfolgen.
»Das war knapp«, seufzte ich erleichtert. Dann wollte ich mich bei Hugo bedanken, doch der hatte sich schon wieder aufs Schachbrett konzentriert und nahm keinerlei Notiz von mir.
Miss Pausbacke beugte sich über den Tisch und flüsterte mir ins Ohr. »Siehst du? Er liebt dich.«
»Quatsch!«, fauchte ich, trank mein Glas aus und stand auf.

»Wo willst du hin?«, fragte Tabea.
»Weg. Oder soll ich hier sitzen bleiben, bis der Detektiv zurückkommt?«

Der andere Hugo

Von jetzt an galt es, dem Schnüffler keinesfalls mehr über den Weg zu laufen. Ich hatte ihn wohl unterschätzt und für schusseliger gehalten, als er in Wirklichkeit war. Auf so eine ausgefallene Idee wie das Serviettenzählen musste man erst mal kommen!

Den nächsten Tag verbrachte ich hauptsächlich auf einem Liegestuhl in der hintersten Ecke des Sonnendecks. Mein Versteck war so gut, dass es nicht mal Tabea gelang, mich aufzustöbern. Ich döste in der Sonne vor mich hin und las ein spannendes Buch über ein Indianermädchen, das von seinem Stamm verstoßen worden war.

Um Oma nicht unnötig aufzuregen, hatte ich ihr übrigens nichts davon erzählt, dass mich der Schiffsdetektiv beinahe entlarvt hätte. Aber ich selbst war doch ziemlich nervös. Besorgt dachte ich an die nächsten Tage. Würde ich den Rest der Reise noch miterleben?

Ich zerbrach mir auch den Kopf darüber, wodurch ich den Verdacht des Schnüfflers erregt haben mochte. Dafür konnte es nur einen Grund geben: Auf der Liste standen sicher auch die Geburtsdaten der Passagiere, und ihm musste aufgefallen sein, dass kein Mädchen meines Alters auf der Liste zu finden war.

Gegen Mittag wagte ich mich zum ersten Mal in den Swimmingpool. Auf dem Weg dorthin hielt ich vorsichtig Ausschau, aber den Schnüffler konnte ich zum Glück nirgends entdecken. Ich sprang ins Wasser und schwamm ein paar Runden. Nach einer Weile kam Hugo, setzte sich an den Beckenrand, ließ die Füße ins Wasser baumeln und schaute in die Gegend. Ich wartete noch ein bisschen, dann kraulte ich zu ihm.

»He, das mit dem Hund gestern war wirklich nett von dir«, sagte ich. »Wenn du den Schnüffler nicht von mir abgelenkt hättest, wäre jetzt die Reise für mich gegessen.«

Er druckste herum, ehe er antwortete: »Na ja, du hast ja auch mal versucht, mir zu helfen.«

Dabei huschte ein schwaches Grinsen über sein Gesicht.

»Du solltest öfter mal lachen«, ermunterte ich ihn. »Das ist gut für die Gesichtsmuskeln.«

»Hä?«

»Du denkst doch Tag und Nacht an dieses bescheuerte Internat«, sagte ich ihm auf den Kopf zu. »Und an die

Scheidung deiner Eltern. Und vor lauter Grübeln friert dir das Gesicht ein.«
»Das würde dir an meiner Stelle garantiert genauso gehen.«
»Wahrscheinlich«, gab ich zu. »Bei uns in Düsseldorf gibt's übrigens auch ein Internat. Vielleicht könntest du deine Eltern dazu überreden, dich dahin zu schicken statt in den Bayerischen Wald? Dann könnten wir uns ab und zu treffen.«
Ich stieß mich vom Rand ab und schwamm ans andere Ende des Beckens. Als ich mich wieder umdrehte, war Hugo verschwunden.

***

Heute ging die »MS Hermes« in Funchal vor Anker; das ist die Hauptstadt der portugiesischen Insel Madeira. Aus Bammel vor dem Schiffsdetektiv traute ich mich nicht, die Kabine zu verlassen. Ich hatte geträumt, er hätte mich mit einem riesigen Netz aus dem Swimmingpool gefischt und dem Kapitän als seinen größten Fang präsentiert. Als Oma vom Frühstück zurückkehrte, wunderte sie sich natürlich darüber, dass ich noch da war. Jetzt schaffte ich es nicht mehr, die Sache mit dem Schnüffler länger für mich zu behalten, und beichtete, wie dicht er mir auf den Fersen war. Komischerweise regte sich Oma nicht großartig darüber auf.
»Ich dachte mir schon, dass du irgendwann entdeckt

wirst«, meinte sie nur. »Für blinde Passagiere gibt's bloß im Fernsehen ein Happy End.«
»Was soll ich denn jetzt machen?«, stöhnte ich.
»Gar nichts. Sei halt ein bisschen vorsichtiger.«
»Und wenn er mich trotzdem schnappt?«
»Tja, dann ist die Kreuzfahrt für uns vorbei. Und ich kriege bestimmt eine saftige Geldstrafe aufgebrummt, die ich dann bis zum Ende meines Lebens abstottern darf.«
»Ach, Oma, das tut mir so Leid«, murmelte ich zerknirscht.
Oma strich mir über den Kopf und schenkte mir ein aufmunterndes Lächeln. »Nun sei nicht traurig. Warum sollte es nicht doch mal im richtigen Leben ein Happy End geben?«
Als Antwort darauf knurrte mein Magen so laut, dass ich lachen musste.
»Du solltest endlich frühstücken gehen«, riet mir Oma.
Ich nickte, drückte ihr einen dicken Kuss auf die Backe und verließ die Kabine.
Auf dem Weg zum Speisesaal kam mir der Schnüffler nicht in die Quere. Und auch während meines Frühstücks ließ er sich nicht blicken. Wer natürlich auftauchte, war Tabea. Meine Tischnachbarin, Frau Lift, die immer lange frühstückte, erkundigte sich bei mir, warum die Kleine ständig mit einem Rucksack herumlief.

»Da ist ihr Schmusetier drin«, erklärte ich. »Ein Löwe.«
»Verstehe«, sagte Frau Lift lächelnd und fragte Tabea: »Wie heißt er denn?«
»Goethe«, antwortete sie.
»Und was frisst er am liebsten?«
»Leute, die viele Fragen stellen«, sagte ich.
Das half. Frau Lift verschlug es die Sprache. Kopfschüttelnd griff sie nach ihrer Kaffeetasse, trank sie aus und verschwand.
Tabea und ich beschlossen, in einer viertel Stunde an Land zu gehen. Als wir in Richtung Gangway aufbrachen, hielten wir ständig Ausschau nach dem Detektiv, der allerdings unsichtbar blieb. Erst nachdem wir das Schiff verlassen hatten, atmeten wir tief durch.
»Bleibt stehen!«, hörten wir in diesem Moment hinter uns jemanden rufen. Wir schraken zusammen. Zum Glück war es nur Hugo, der angerannt kam.
»Ich gehe mit«, verkündete er atemlos. »Mein Opa will ein paar Kirchen besuchen, und dazu hab ich keine Lust.« Tabea zog einen Schmollmund und meinte: »Wir sind doch nicht deine Kindermädchen!«
Und was tat Hugo? Er lachte. Ich war so überrascht, dass ich ihn fragte: »Hast du ein Pfund Kichererbsen verschluckt?«
Worauf er noch lauter lachte.
Wir zogen also gemeinsam los und schauten uns ein paar Schiffe im Hafen an, ehe wir in Richtung Stadt

steuerten. Gar nicht so übel, dieses Funchal, fand ich. Vor allem gefiel mir, wie die Häuser an den Hängen klebten, die zu allen Seiten hin aufstiegen.
»Mein Opa hat mir erzählt, dass es hier auf der Insel eine 500 Meter hohe Steilküste geben soll«, sagte Hugo. »Kap Girão.«
»Da möchte ich gerne hin«, sagte Tabea. »Sollen wir uns ein Taxi nehmen?«
»Und womit sollen wir das bezahlen?«, fragte ich sie. »Vielleicht wieder mit meinen Skates?«
»Hiermit«, sagte Hugo locker und holte seine Kreditkarte aus der Tasche.
Ich kam aus dem Staunen nicht mehr heraus. Was war denn mit ihm los? Hatte jemand über Nacht sein Gehirn ausgewechselt?
Am nächsten Automaten ließ er sich einen Packen Geldscheine auszahlen. Dann hielten wir ein Taxi an und stiegen ein.
»Kap Girão«, sagte Hugo.
Der Fahrer drehte sich langsam zu uns um und musterte uns misstrauisch.
»Kap Girão«, wiederholte Hugo.
Der Fahrer brummte irgendwas und schüttelte den Kopf. »Zeig ihm das Geld«, forderte ich Hugo auf, der daraufhin ein paar Scheine zückte. Die Miene des Fahrers wurde keine Spur freundlicher. Immerhin bequemte er sich im Schneckentempo dazu, sich umzudrehen, den Wagen zu starten und loszufahren.

Tabea sagte leise zu mir: »In Lissabon hast du behauptet, alle Portugiesen wären unheimlich nett.«
»War wohl nur 'n Vorurteil«, murmelte ich.
Sie holte Goethe aus dem Rucksack. Das Wollknäuel sprang auf Hugos Schoß und bellte ihn ein paar Mal an.
»Er wundert sich, warum du plötzlich so lustig bist«, sagte ich zu Hugo, der diese Bemerkung aber einfach überhörte.
Wir fuhren durch die Berge und hatten von da oben tolle Ausblicke aufs Meer. Madeira war echt super. Ob ich meine Eltern dazu überreden kann, mal ein paar Wochen Urlaub hier zu verbringen?, fragte ich mich.
Das Taxi hielt. Nachdem Hugo den Fahrer bezahlt hatte, kletterten wir aus dem Wagen. Dann rannten wir zum Steilufer und schauten die 500 Meter tiefe Felswand hinunter.
»O Mann, mir wird ganz schwindlig!«, sagte Hugo.
»Da möchte ich nicht unbedingt runterspringen.«
»Höchstens mit 'nem Fallschirm«, meinte ich.
Wir schwiegen eine Weile und schauten uns um. Es war wirklich eine Wahnsinnsaussicht, die man hier am Kap Girão hatte.
Leider war das aber das einzig Interessante am Kap. Ansonsten gab es nur einen steinigen Weg an der Küste entlang und eine Eisbude, die vormittags geschlossen war. Und dummerweise war unser Taxi schon verschwunden.

»Und was machen wir jetzt?«, fragte Tabea, nachdem wir ausgiebig die Gegend bestaunt hatten.
»Jetzt gehen wir wieder nach Funchal«, meinte Hugo. »Oder hat jemand von euch einen anderen Vorschlag?«
Tabea und ich schüttelten den Kopf. Was blieb uns anderes übrig, als uns zu Fuß auf den Rückweg zu machen? Wir brachen auf. Verlaufen konnten wir uns jedenfalls nicht, denn es gab nur eine einzige Straße. Unterwegs warf Miss Pausbacke Hugo und mir immer wieder seltsame Blicke zu.
»Was glotzt du denn so?«, motzte ich sie schließlich an.
»Ich lass euch alleine, damit ihr euch in Ruhe küssen könnt«, erklärte sie. »Das will meine Schwester auch immer.«
Und schon rannte sie zusammen mit Goethe etwa fünfzig Meter voraus.
»Die hat sie nicht mehr alle!«, ächzte ich.
Hugo vergrub die Hände in den Taschen. »Hast du auch so einen Durst?«, fragte er.
Ich nickte.
»Im nächsten Laden spendiere ich uns 'ne Kiste Cola.«
»Wieso hast du eigentlich so viel Geld abgehoben?«, wollte ich wissen. »Ich dachte, du darfst deine Kreditkarte nur im Notfall benutzen.«
»Das *war* ein Notfall.«
Tabea drehte sich um und rief ungeduldig: »Wann seid ihr denn endlich soweit?«

»Jetzt!«, rief ich zurück. »Guck weg!«
Und ich drückte Hugo einen lauten Schmatzer auf die Backe.
»Ach du Scheiße!«, zischte er und wischte sich mit der Hand über die Backe, die knallrot angelaufen war. »Spinnst du?«
»Sollte nur 'n Witz für Tabea sein«, entschuldigte ich mich.
»Ich lach mich tot«, knurrte Hugo, beschleunigte seine Schritte und überholte Tabea, die stehen geblieben war.
»Warum bist du denn so wütend?«, rief Miss Pausbacke ihm hinterher. »Weil Kerstin dich nicht auf den Mund geküsst hat?«

***

Am Nachmittag flitzte ich wieder mal mit den Rollerskates durch die Gegend. Tabea hatte einen großen Spielplatz entdeckt und weigerte sich, ihn zu verlassen. Also hatte zuerst ich auf sie aufgepasst, und nun war Hugo dran.
Ich fuhr auf einem großen verkehrsfreien Platz herum, der anscheinend der Treffpunkt aller Skater auf Madeira war. Es gab Slalomstrecken und Sprungschanzen, und die Stimmung war einfach riesig. Ehrlich: Falls ich irgendwann mal ins Paradies kommen sollte, hätte ich nichts dagegen, wenn es da genauso aussehen würde wie auf diesem Skaterplatz!

Hugo, Tabea, Goethe und ich hatten nicht den ganzen Weg vom Kap Girão zurücklatschen müssen. Nach einer Weile hatte ein kleiner Lastwagen neben uns gestoppt, der Obstkisten transportierte. Der Fahrer nahm uns mit bis zum Marktplatz von Funchal. Dort steuerten wir aufs erstbeste Straßencafé zu und ließen uns mit Limo und Cola voll laufen.

Anschließend lud uns Hugo auch noch zu einem Eis ein. Zum Glück hatte der Quatsch mit dem Kuss seine gute Laune nur vorübergehend getrübt. Inzwischen war er wieder so ausgelassen, dass ich glaubte, ich hätte es heute mit seinem Doppelgänger zu tun. Irgendwann konnte ich mir nicht mehr verkneifen zu fragen: »Warum bist du eigentlich heute so gut drauf?«

Darauf grinste er nur geheimnisvoll vor sich hin. Als wir dann später auf dem Spielplatz nebeneinander auf einer Bank saßen, sagte er: »Soll ich dir mal was verraten? Ich hab gestern angerufen.«

»Wo?«

»Bei dem Internat in Düsseldorf, von dem du mir erzählt hast.«

»Was? Woher hattest du denn die Nummer?«

»Blöde Frage! Von der Auskunft natürlich«, sagte er. »Es gibt noch ein paar freie Plätze fürs nächste Schuljahr, habe ich erfahren.«

»Und jetzt?«

»Vielleicht kann Opa ja meine Eltern dazu überreden, mich nach Düsseldorf zu schicken – wenn es schon ein

Internat sein muss.« Er sprang auf und schnappte sich die Tüte mit den Rollerskates. »In einer Stunde bin ich wieder da, okay?«

Kopfschüttelnd hatte ich ihm hinterhergeschaut, als er im Eiltempo den Spielplatz verließ. Ich verstand überhaupt nichts mehr. Erst hatte er überhaupt nicht reagiert, als ich ihm von dem Internat erzählt hatte. Danach fiel ihm nichts Besseres ein, als dort anzurufen. Und jetzt schien er sich sogar richtig darauf zu freuen, demnächst womöglich in meiner Nähe zu wohnen! Dabei waren wir eigentlich in den letzten anderthalb Wochen eher mittelprächtig miteinander klargekommen (woran ich sicher nicht ganz unschuldig war). Reichlich verwirrend, dieser Hugo. Na ja, dachte ich, dafür gibt's nur eine Erklärung – er ist halt ein Junge …

Während ich jetzt mit den Skates auf dem großen Platz rumkurvte, warf ich immer mal einen Blick auf die Uhr, damit ich ja nicht zu spät zum Spielplatz zurückkehrte. Heute wollten wir uns nicht erst in letzter Sekunde auf den Weg zum Hafen machen.

Leider ging die Zeit viel zu schnell vorbei. Zum Abschied lief ich nochmal einen rasanten Slalom, ehe ich den Platz verließ. Ich überquerte eine Kreuzung und warf einen sehnsüchtigen Blick aufs nächste Straßencafé, weil ich schon wieder so einen Durst hatte. Plötzlich aber stutzte ich und bremste meine Fahrt an einem Laternenpfahl. Da saß doch Hugos Opa an einem der Cafétische. Und wer saß neben ihm? Meine Freundin

aus Andalusien, die Büglerin, die so schön singen konnte. Total verblüfft betrachtete ich die beiden. Hugos Opa grinste gerade über beide Backen und schien sich über das zu amüsieren, was Conchita – so hieß sie nämlich – ihm erzählte. Hatte Hugo ihn etwa heute Morgen mit seiner guten Laune angesteckt?
Ich beobachtete ihn noch eine Weile, ehe ich meinen Weg fortsetzte. Was ich gesehen hatte, erschien mir so rätselhaft, dass ich beschloss, es zunächst mal für mich zu behalten.

Hau ab, Goethe!

Auch bevor ich das nächste Mal zum Frühstücken aus der Kabine ging, steckte ich erst vorsichtig den Kopf durch die Tür und schaute nach, ob der Detektiv nicht in der Nähe war. Ich traute dem Frieden nicht. Interessierte sich der Schnüffler nicht mehr für mich? Warum hatte er zum Beispiel nicht gestern Abend vor dem Speisesaal auf mich gewartet? Ich konnte mir kaum vorstellen, dass er nur noch damit beschäftigt war, Hundehaufen zu sammeln.
Ich ging also raus auf den Gang. Auf dem Weg zum Lift kam ich am Bügelzimmer vorbei. Ich blieb stehen und lauschte. Conchita summte vor sich hin. Diesmal war es keine besonders lustige Melodie. Kurz entschlossen klopfte ich an.
»Ja?«
Ich trat ein. Conchita begrüßte mich mit ihrem üblichen Lächeln, das so ansteckend war wie Masern.

»Morgen, Kerstin. Na, hast du gut geschlafen?«
»Geht so«, sagte ich und staunte über den Handtuchberg, der sich neben dem Bügelbrett türmte.
»Wie war's gestern in Funchal?«, fragte Conchita.
»Toll. Sie waren ja auch an Land, oder?«
»Wir sind schließlich keine Sklaven, ab und zu haben wir auch mal frei«, erklärte sie und faltete ein Handtuch zusammen.
Ich konnte mal wieder meine Klappe nicht halten. »Ich hab Sie im Café gesehen«, sagte ich.
»So?«
»Zusammen mit einem Mann.«
Sie lachte auf und griff nach dem Bügeleisen.
»Es war der Opa von Hugo, einem Jungen, den ich hier auf dem Schiff kennen gelernt habe.«
Conchita runzelte die Stirn. Mit ernster Miene stellte sie das Bügeleisen hin und sah mich an.
»Versprich mir, deinem Hugo und seinem Opa nicht zu verraten, dass du mich kennst.«
»Wieso?«, fragte ich verständnislos.
»Versprich's mir.«
»Na gut, versprochen. Aber was soll das?«
»Den Besatzungsmitgliedern ist es strengstens verboten, sich mit den Passagieren einzulassen, verstehst du?«
»Was heißt denn einlassen?«, sagte ich empört. »Sie haben doch nur mit Hugos Opa gequatscht.«
»Der Kapitän macht da keine feinen Unterschiede. Wenn rauskommt, dass ich mit Herrn Imhoff in einem

Café gesessen habe, war das meine letzte Fahrt auf der ›MS Hermes‹.«

»Im Ernst?«, staunte ich.

»Wenn ich gewusst hätte, dass er einer unserer Passagiere ist, wäre ich aufgestanden, als er sich im Café an meinen Tisch gesetzt hat.«

»Er hat also keine Ahnung, dass Sie hier arbeiten?«

Sie schüttelte den Kopf und bügelte weiter. Ich schaute ihr zu und überlegte, was ich von der ganzen Sache halten sollte.

Nachdem wir eine Weile stumm geblieben waren, sagte Conchita: »Du solltest jetzt frühstücken gehen, ehe die andern das Büfett leerfuttern.«

»Schon unterwegs.«

»Nachher kannst du ja wiederkommen und dir ein paar Lieder anhören.«

»Gern«, sagte ich. Und dann hatte ich mal wieder eine meiner Ideen. »Warum treten Sie mit Ihrer tollen Stimme nicht mal abends im Europa-Salon auf?«

»Weil ich hier fürs Bügeln bezahlt werde und nicht fürs Singen«, antwortete Conchita kurz angebunden und fügte hinzu: »Die dummen Gedanken in deinem Hinterkopf solltest du so schnell wie möglich vergessen.«

»Ich weiß nicht, wovon Sie reden«, behauptete ich unschuldig und ging zur Tür.

Conchita lachte, aber es klang nicht ganz so fröhlich wie sonst.

***

Nach dem Frühstück machte ich mich für den Schnüffler unsichtbar und verkrümelte mich wieder in unsere Kabine. Dort vertrieb ich mir die Zeit mit Lesen und Popeln und schlief zwischendurch auch mal ein. Aber am Nachmittag fiel mir die Decke auf den Kopf. Darum stöberte ich Hugo auf und ging mit ihm aufs Sonnendeck zum Tischtennisspielen. Dabei unterhielten wir uns über den Detektiv.

»Vielleicht ist das eine Taktik«, vermutete Hugo. »Er will dich in Sicherheit wiegen, um dich dann irgendwann aus heiterem Himmel zu überrumpeln.«

Sehr beruhigend!

Als ich aber nach dem Abendessen zusammen mit Oma und ihren Freundinnen im Europa-Salon saß, erfuhr ich den wahren Grund, wieso sich der Schnüffler nicht mehr um mich kümmerte. Tabea erschien mit ihrem merkwürdigen Vater, dem Schriftsteller, der sich zum ersten Mal hier in den Salon verirrte. Sie nahmen an unserem Tisch Platz.

Oma fragte ihn: »Na? Sind Sie heute gut mit Ihrem neuen Roman vorangekommen?«

Er nahm einen Bierdeckel und spielte damit, als hätte er die Frage gar nicht gehört. Ich hatte schon längst rausgefunden, dass es wenig Sinn hatte, sich mit ihm zu unterhalten. Er lächelte zwar immer freundlich, aber er reagierte kaum, wenn man ihm was erzählte. Waren alle Schriftsteller so? Oder hatte er einfach nur einen Hörschaden?

Immerhin nickte er, als Oma ihn kurz darauf zum Tanzen aufforderte. Kaum waren die beiden weg, da grinste mich Tabea an und fragte: »Na? Hast du dich noch nicht gewundert, dass dich der Detektiv in Ruhe lässt?«
»Klar. Und ich würde gerne wissen, wieso.«
»Weil er was anderes zu tun hat«, erklärte sie mit geheimnisvoller Miene.
»Was denn?«
»Heute Morgen wurden einer Frau auf dem Lidodeck ein Paar goldene Ohrringe geklaut. Bevor sie zum Swimmingpool ging, hatte sie die Ohrringe abgenommen und auf dem Liegestuhl zurückgelassen. Als sie wiederkam, waren sie verschwunden.«
»Woher weißt du das?«, fragte ich sie.
»Mach mal kurz die Augen zu.«
Ich gehorchte.
»Jetzt kannst du sie wieder aufmachen.«
Ich gehorchte wieder und fiel fast vom Stuhl – an Tabeas Ohren baumelten goldene Ohrringe!
»Bist du wahnsinnig?«, rief ich entgeistert. »Du kannst doch nicht Schmuck klauen!«
Miss Pausbacke nahm seelenruhig die Ohrringe wieder ab, verstaute sie in der Hosentasche und verkündete: »Ich wollte nur den Detektiv von Goethe ablenken. Und von dir natürlich. Morgen kriegt die Frau die Dinger ja wieder zurück.«
Ich tippte mir an die Stirn. Zugegeben, ich war auch

nicht gerade ein Engel; wenn ich zum Beispiel an die Sache mit dem Preisschild auf dem Koffer dachte ... Aber das mit den Ohrringen ging mir irgendwie zu weit. Das wollte ich Tabea auch sagen, aber in diesem Augenblick zeigte sie auf den Eingang und rief: »Da kommt Hugo mit seinem Opa!«

Na endlich! Vom langen Rumsitzen tat mir nämlich schon der Hintern weh. Ich marschierte schnurstracks auf Hugo zu und forderte ihn zum Tanzen auf.

»Kann ich nicht erst mal was trinken?«, fragte er.

»Nein«, entschied ich kurz und schmerzlos und schleppte ihn auf die Tanzfläche. Sein Opa lachte hinter uns her.

»Was ist eigentlich mit deinem Großvater los?«, erkundigte ich mich bei Hugo, gleich nachdem wir mit unserm Gewackel losgelegt hatten.

»Er ist wie ausgewechselt«, sagte Hugo und fügte dann grinsend hinzu: »Vielleicht liegt das an der Frau, die er gestern auf Madeira kennen gelernt hat. Als er mir davon erzählte, hat er jedenfalls ganz komisch geguckt. Er hat ihr sogar seine Visitenkarte gegeben. Ich bin gespannt, ob sie sich bei ihm meldet.«

Ich dachte an Conchita, die mir am Vormittag fast eine halbe Stunde lang spanische Lieder vorgesungen hatte.

»Ich glaube kaum, dass dein Opa nochmal was von der Frau hört«, sagte ich.

»Woher willst du das wissen?«, fragte Hugo stirnrunzelnd. »Kannst du hellsehen?« »Leider ja«, seufzte ich.

***

Meine hellseherischen Fähigkeiten hielten sich wohl doch in Grenzen, sonst hätte ich vorm Schlafengehen geahnt, dass ich mich lieber nicht auf den Weg in unsere Kabine machen sollte. Als ich unten auf dem Pazifikdeck aus dem Lift stieg, blieb mir vor Schreck die Luft weg. Denn wen entdeckte ich auf dem Gang? Niemand anderen als den Schnüffler.

Blitzschnell huschte ich wieder in den Lift zurück und drückte irgendeinen Knopf. Tabea hatte sich also getäuscht: Die geklauten Ohrringe hielten den Detektiv nicht davon ab, mir weiterhin auf der Spur zu bleiben. Oder trieb er sich noch aus anderen Gründen auf dem Pazifikdeck herum?

Egal, wieso er es unsicher machte – Tatsache war jedenfalls, dass mir jetzt der Weg zu unserer Kabine verbaut war. Wo sollte ich heute Nacht bleiben? Mir fiel nur Hugo ein, der ja eine eigene Kabine auf dem Atlantikdeck hatte. Blöderweise kannte ich die Nummer nicht. Darum fuhr ich aufs Hauptdeck zur Information und fragte die nette Dame hinter der Theke. Sie schaute kurz im Computer nach und gab mir die Auskunft.

Ich flitzte die Treppe runter zum Atlantikdeck und klopfte an Hugos Tür. Er öffnete im Schlafanzug.

»Was willst du denn hier?«, fragte er verblüfft.

»Darf ich reinkommen?«

Er nickte. Ich schloss die Tür und riss die Augen auf.

Kaum zu fassen: Hugo wohnte ganz allein in einer *Doppel*kabine!

»Warum hast du mir nicht verraten, dass hier noch ein zweites Bett steht?«, rief ich. »Und ich muss jede Nacht auf dem harten Teppichboden schlafen! Wenn ich wieder zu Hause bin, kann ich mir einen neuen Rücken zulegen.«

»Mein Opa wollte eine Einzelkabine für mich buchen, aber es war keine mehr frei«, erklärte er. Dann gähnte er und kratzte sich am Kopf. »Darf ich mal fragen, was los ist?«

Ich erzählte ihm, dass der Schiffsdetektiv vor Omas Kabine rumlungerte.

»Hm, ganz schön blöd«, meinte Hugo und fügte großzügig hinzu: »Von mir aus kannst du hier warten, bis er weg ist.«

»Aber nicht im Stehen«, sagte ich.

»Äh – was soll das heißen?«

Ich zeigte auf das zweite Bett. »Hättest du eigentlich was dagegen, wenn Tabea hier schlafen wollte?«

»Allerdings! Die würde mir die ganze Nacht die Ohren vollquatschen.«

»Dann sei froh, dass *ich* hier schlafe«, verkündete ich.

»Spinnst du?«, protestierte Hugo. »Das ist nicht dein Ernst, oder? Wenn mein Opa morgen früh reinkommt, kriegt er einen Anfall.«

»Wieso? Wir schlafen doch nur zusammen.«

»Du bist echt verrückt! Bleib meinetwegen hier, bis der

Schnüffler weg ist, aber dann musst du verschwinden.«
»Hör auf, sonst gebe ich dir gleich einen Gute-Nacht-Kuss!«, drohte ich ihm.
Das wirkte. Hugo kletterte in sein Bett und zog die Decke bis zur Nasenspitze hoch.

***

Die nächste Station unserer Reise hieß Ponta Delgada und war die Hauptstadt der Azoren-Insel São Miguel. Oma, Tabea, Hugo und ich hatten vor, den strahlenden Tag am Strand zu verbringen. Da es aber keinen in Ponta Delgada gab, mussten wir den Bus in einen anderen Ort nehmen. Hugo hatte noch was übrig von dem Geld, das der Automat in Funchal für ihn ausgespuckt hatte, und spendierte Tabea und mir die Busfahrt. Es war witzig: Mit den Bergen und Wiesen und Kühen sah die Insel irgendwie aus wie die Alpen. Dabei liegen die Azoren doch mitten im Atlantischen Ozean.
Dagegen hatte ich so einen Strand wie diesen noch nie gesehen: Der Sand war schwarz! Von Oma erfuhren wir, dass das Lava war, also Vulkanasche. Wir ließen uns in der Nähe des Wassers nieder und verbrachten den Tag mit Schwimmen, Faulenzen und Ballspielen. Oma schärfte uns ein, uns ja nicht zu weit ins Meer hinauszuwagen. Das hätten wir uns aber sowieso nicht getraut. Vor diesen riesigen Wellen musste man sich

wirklich in Acht nehmen. Goethe waren sie anscheinend auch nicht ganz geheuer, denn er bellte sie an, bis er heiser war.
Unser lustiges Strandleben wurde am späten Nachmittag jäh beendet. Ich war gerade mit Oma und Tabea im Wasser, als Miss Pausbacke plötzlich aufgeregt auf Hugo zeigte, der am Strand bei unseren Handtüchern zurückgeblieben war. Ich schaute hin – und traute meinen Augen kaum! Denn ich sah den Schiffsdetektiv mit großen Schritten auf Hugo zugehen.
Oma hatte ihn auch bemerkt. »Was will der denn hier?«, stutzte sie.
Der Wind wehte so günstig, dass wir fast jedes Wort verstehen konnten, das zwischen Hugo und dem Detektiv gewechselt wurde.
»Wo ist dieses Mädchen?«, wollte der Schnüffler wissen.
»Welches Mädchen?« Hugo tat ahnungslos.
»Du weißt genau, wen ich meine. Deine Freundin.«
Ich ging schleunigst hinter Omas Rücken in Deckung, weil der Detektiv seinen Blick über den Strand schweifen ließ.
»Also, wo steckt sie?«
»Welche sie?«, erwiderte Hugo achselzuckend.
In diesem Augenblick entdeckte der Detektiv Goethe, der auf Omas Handtuch lag. Ein breites Lächeln erschien auf seinem Gesicht.
»Wen haben wir denn da?«, meinte er triumphierend.

»Wenn das nicht unser zweiter blinder Passagier ist …«
Tabea wurde blass. Ich legte einen Arm um ihre Schultern.
»Der Köter da?«, rief Hugo lachend. »Der ist uns vor einer Stunde zugelaufen und geht einfach nicht mehr weg.«
»Ach ja?« Der Schnüffler glaubte ihm kein Wort, das war klar.
Da sprang Hugo auf. »Verschwindest du jetzt endlich, du Strandratte?«, brüllte er Goethe an, der wahrscheinlich seinen Ohren nicht traute. »Du sollst machen, dass du wegkommst, kapiert? Los, hau ab!«
Er bückte sich und scheuchte das Wollknäuel ein paar Meter weit weg. Tabea wollte sofort zu ihm laufen, aber ich hielt sie fest.
»Bleib hier!«, beschwor ich sie.
Als der Schnüffler dann mit ausgestreckten Armen auf Goethe zumarschierte, wusste sich Hugo keinen anderen Ausweg, als den Hund mit Sand zu bewerfen und ihn so laut anzubrüllen, dass der arme kleine Kerl zuletzt tatsächlich Reißaus nahm.
Der Detektiv zögerte kurz, dann lief er hinterher.
Oma, Tabea und ich gingen erst aus dem Wasser, nachdem er außer Sichtweite war. Tabea hatte Tränen in den Augen.
»Wenn ich ihn nicht so schlecht behandelt hätte, wäre er doch nie vor dem Detektiv weggelaufen«, erklärte

Hugo ihr, aber Tabea war nicht so schnell zu trösten.
»Keine Angst, Goethe kommt garantiert gleich wieder«, versuchte ich sie aufzumuntern. »Du weißt ja, er ist genauso schlau wie du.«
Aber wir warteten eine Stunde lang vergeblich.
Da sich auch der Schnüffler nicht mehr blicken ließ, befürchteten wir schließlich doch, dass er den Hund eingefangen hatte. Nur Tabea wollte das einfach nicht glauben.
»Goethe hat sich im Dorf verirrt«, schluchzte sie. »Ich zieh mich jetzt an und geh ihn suchen.«
»Wir kommen mit«, entschied Oma, und nachdem wir unsere Sachen zusammengepackt hatten, machten wir uns auf den Weg.
Das Dorf war nicht besonders groß. Wir suchten jede Straße nach Goethe ab, aber ohne Erfolg. Tabea hörte gar nicht mehr auf zu weinen. Und als Oma verkündete, dass wir jetzt zurück nach Ponta Delgada fahren müssten, damit wir nicht das Schiff verpassten, kriegte sie einen wahren Anfall.
»Ich bleibe hier, bis ich ihn gefunden hab«, schniefte sie immer wieder. Wir mussten sie hinter uns herschleifen, weil sie sich sonst nicht mehr von der Stelle bewegt hätte. Schließlich kamen wir bei der Bushaltestelle an. Und wer empfing uns dort mit einem irrsinnigen Freudengebell?
Na klar: Goethe!

Wie ein Gummiball sprang er in Tabeas Arme und leckte ihr die Tränen von den Backen. Daraufhin heulte sie noch lauter als vorher, diesmal vor Freude.
»Wir Idioten rennen durchs ganze Dorf, während dieser geniale Köter hier gemütlich auf uns wartet«, knurrte Hugo und kraulte Goethe hinter den Ohren. Blitzschnell schnappte der Hund nach seiner Hand.
»Au!«, rief Hugo und rieb seine Finger.
Endlich lachte auch Tabea wieder. »Das war sein Dankeschön dafür, dass du ihn mit Sand beschmissen und verjagt hast«, kicherte sie. »An deiner Stelle würde ich ihn erst wieder streicheln, wenn er das vergessen hat.«
»Und wann soll das sein?«
»In zehn Jahren ungefähr.«

Mein neuer Opa

Hugo und ich hockten an einem Tisch ganz hinten auf dem Sonnendeck und spielten Schach. Die ersten beiden Partien hatte er in null Komma nix gewonnen, aber jetzt dachte ich vor jedem Zug nach, bis mir die Rübe qualmte. Hugo sollte es nicht nochmal so leicht haben.

In der Nacht hatte ich wieder in seiner Kabine gepennt. Diesmal war er nicht mehr so stinkig deswegen gewesen, im Gegenteil: Vor dem Einschlafen hatten wir noch lange geredet. Er wollte genau über den Düsseldorfer Stadtteil Bescheid wissen, in dem das Internat lag, und er erkundigte sich auch, wie weit weg davon ich wohnte. Danach gab er zu, dass er sich noch nicht getraut hatte, mit seinem Opa über die Sache zu reden.

Das kapierte ich beim besten Willen nicht. Aber Hugo behauptete, sein Opa sei fürchterlich geistesabwesend und noch weniger ansprechbar als sonst. Etwa wegen Conchita? Ich war kurz davor, Hugo von ihr zu erzählen. Da ich ihr aber versprochen hatte, sie nicht zu verraten, hielt ich ausnahmsweise die Klappe.

»Machst du jetzt bald deinen nächsten Zug?«, stöhnte Hugo.

»Sekunde.«

Ich griff nach einem Turm und wollte ihn ein paar Felder weiterschieben, als Tabea uns aufstöberte. Beim Anblick des Schachbretts legte sie die Stirn in Falten.

»Können wir nicht lieber was anderes zusammen spielen?«, maulte sie.

»Später vielleicht«, sagte ich.

»Was macht Goethe?«, erkundigte sich Hugo. »Hat er seinen neuen Freund schon zerfetzt?«

Hugo hatte Goethe gestern einen Stoffhund geschenkt, damit er sich im Rucksack nicht so allein fühlte. Das war seine Entschuldigung dafür, dass er Goethe am Strand so fies behandelt hatte – obwohl er den kleinen Hund ja damit gerettet hatte.

»Und wo steckt unser Schnüffler?«, fragte ich mich und die anderen.

»Der ist beschäftigt«, erklärte Miss Pausbacke überzeugt.

»Hast du die Ohrringe etwa noch nicht zurückgegeben?«, fragte ich misstrauisch.

»Doch. Aber jetzt sucht er was anderes.«

»Was denn?«

Sie zog den Ausschnitt ihres T-Shirts runter und präsentierte uns eine Halskette.
»Hast du sie noch alle?«, fauchte ich sie an. »Du kannst doch nicht jeden Tag irgendein Schmuckstück mitgehen lassen!«
»Wieso nicht?«, meinte sie achselzuckend. »Der Schnüffler muss doch was zu tun haben.«
Hugo interessierte sich nicht für Schmuck. »Du lenkst uns von unserm Schachspiel ab«, beschwerte er sich. »Können wir jetzt weitermachen?«
»Ja, ja, ist ja gut«, sagte Tabea, aber sie ging erst, nachdem ich ihr hoch und heilig versprochen hatte, später mit ihr Mensch-ärgere-dich-nicht zu spielen.
Wir setzten die Schachpartie fort. Aber wir blieben nicht lang allein. Nach etwa zehn Minuten tauchte der nächste Besuch für uns auf: Hugos Opa fragte, ob er zugucken dürfe. Wir nickten, worauf er sich zu uns setzte und schweigend unsere Züge beobachtete.
Ich warf ihm gelegentlich einen Seitenblick zu. Falls er in den letzten Tagen mal gute Laune gehabt hatte, war wirklich nicht viel davon übrig geblieben. Ob das wahrhaftig mit Conchita zu tun hatte? Ich fand es irgendwie albern, dass sie sich nicht bei ihm melden durfte, um ihren Job nicht zu riskieren.
Hugo machte seinen nächsten Zug, stand auf und sagte: »Ich bin gleich wieder da.«
»Wo willst du denn hin?«
»Ich muss mal.«

Nachdem er verschwunden war, sah ich Herrn Imhoff an. Der hob seinen Blick nicht vom Schachbrett.
»Darf ich dir einen kleinen Tipp geben?«, sagte er mit mürrischer Miene. »Du solltest mit deiner Dame fünf Felder vorrücken, dann steht Hugo im Schach.«
Ich führte seinen Vorschlag aus.
»Darf ich Ihnen auch einen kleinen Tipp geben?«
»Du mir? Worum geht's denn?«
»Um die Frau, die Sie in Funchal im Café – äh –«
Kaum hatte ich losgelegt, hätte ich mir am liebsten die Zunge abgebissen. Verdammt, warum konnte ich mein Mundwerk mal wieder nicht im Zaum halten? Was war mit dem Versprechen, das ich Conchita gegeben hatte?
»Kennst du die Dame?«, fragte mich Herr Imhoff höchst erstaunt.
Ich merkte, dass ich knallrot anlief.
»Du kennst sie tatsächlich?«
Obwohl ich, wenn's drauf ankommt, ganz gut schwindeln kann, brachte ich es in dem Moment nicht fertig, Hugos Opa anzulügen. Also nickte ich kurz und wandte mich dann schleunigst dem Schachbrett zu.
»Sag mal, ist die Dame vielleicht hier auf dem Schiff?«
Opa Imhoff ließ nicht locker.
Ich nickte erneut. Darauf beugte er sich vor und sagte: »Wenn du das weißt, kannst du mir sicher auch verraten, wo ich sie finde.«
»Das geht leider nicht.«

»Wieso nicht?«

Ich kaute auf meiner Unterlippe. Was sollte ich bloß tun? Hugos Opa wusste nun, dass Conchita an Bord war. Das war nicht mehr rückgängig zu machen. Den Blick, mit dem er mich durchbohrte, konnte ich nicht länger ertragen.

»Sie ist auf dem Pazifikdeck«, murmelte ich. »Aber –«

Herr Imhoff stand auf und marschierte mit ruhigen Schritten in Richtung Lift. Ich sprang vom Stuhl und lief ihm hinterher.

»Halt, warten Sie, ich muss Ihnen noch was erklären!« Ich versuchte ihn aufzuhalten. »Sie ist zwar auf dem Pazifikdeck, aber –«

»Ich verstehe nicht, wieso sie mir nichts davon gesagt hat«, unterbrach mich Herr Imhoff und stieg in den Lift. Ich hechtete hinterher.

»Sie hatte einen Grund dafür! Es ist nämlich so, dass sie –« Es hatte keinen Zweck, Herr Imhoff hörte mir gar nicht zu. Schon hielt der Lift auf dem Pazifikdeck, und wir traten in den Gang.

»Ich muss Ihnen unbedingt noch was sagen«, bettelte ich ihn fast an. »Die Dame ist zwar auf dem Schiff, aber sie kann nicht –«

Nein, es war nicht mein Glückstag. In diesem Moment wurde in etwa zwanzig Meter Entfernung die Tür des Bügelzimmers geöffnet. Singend kam Conchita heraus. Sie hatte ihren blauen Kittel an und trug einen Wäschekorb mit zusammengefalteten Handtüchern. Beim

Näherkommen hob sie den Kopf – und hörte abrupt auf zu singen.
Und ich? Tja, ich reagierte richtig mutig und machte mich schleunigst aus dem Staub.

***

»Schöne Bescherung«, sagte Oma ein paar Stunden danach, als ich mich endlich dazu überwunden hatte, ihr die ganze Geschichte zu beichten. »Hast du schon mal was davon gehört, dass ein Versprechen dazu da ist, gehalten zu werden?«
»Ich weiß auch nicht, wieso ich mich verplappert habe«, sagte ich geknickt. »Ich hab gedacht –« Ratlos zuckte ich mit den Schultern. »Und was soll ich jetzt machen?«
»Gar nichts. Du hast schon mal versucht, jemanden mit Hugos Opa zu verkuppeln«, erinnerte mich Oma. »Weißt du noch, wie das ausgegangen ist?«
»Schlecht«, gab ich zu.
»Siehst du? Und darum solltest du dich lieber überhaupt nie mehr in so was einmischen.«
Es klopfte an der Kabinentür. Hugo kam rein. Er wollte mit mir Tischtennis spielen, aber ich hatte keine Lust dazu. Ich hatte zu gar nichts Lust. Der Detektiv, der hinter mir her war, das Versprechen, das ich gebrochen hatte – das alles lag mir so schwer im Magen, dass ich am liebsten in ein Rettungsboot geklettert und nach Hause gerudert wäre.

»Was macht dein Opa?«, erkundigte ich mich vorsichtig bei Hugo. »Wo steckt er gerade?«
»Keine Ahnung. Ich hab ihn schon seit Stunden nicht mehr gesehen.«
Ich schaute Oma an und fragte: »Meinst du, Conchita kriegt wegen mir jetzt Ärger?«
»Jedenfalls wird sie nicht begeistert darüber sein, dass man sich so gut auf dich verlassen kann.«
»Worum geht's denn?«, wollte Hugo wissen.
»Das kann ich dir nicht sagen«, erwiderte ich mit einem verlegenen Grinsen. »Jedenfalls jetzt noch nicht.«
»Blöde Geheimnistuerei!«, murmelte er und verschwand.
»Jetzt ist auch noch Hugo sauer auf mich«, seufzte ich und setzte mich aufs Bett. »Das hat mir gerade noch gefehlt.«
»Der kriegt sich schon wieder ein«, meinte Oma. »Das mit Conchita ist viel schlimmer.«
»Am liebsten würde ich mich bei ihr entschuldigen. Aber wie?«
Oma machte ein nachdenkliches Gesicht und kratzte sich am Kinn.
»Kann sie wirklich so gut singen, wie du behauptest?«, erkundigte sie sich.
»Sie hat die schönste Stimme der Welt«, sagte ich.
»Hm.«
Sie stellte sich ans Fenster und schaute hinaus.

»Du hast was vor, Oma, stimmt's?«
»Vielleicht«, antwortete sie geheimnisvoll. »Aber ich weiß noch nicht, ob es funktionieren wird.«
»Kann ich dir dabei helfen?«
»Ja.«
»Wie denn?«
»Indem du mir keine neugierigen Fragen stellst.«

***

Am Abend darauf saß ich wieder mit Oma und ihren drei Freundinnen im Europa-Salon. Ich langweilte mich ein bisschen. Es war überhaupt ein ziemlich lahmer Tag gewesen. Hugo war die ganze Zeit mit seinem Opa zusammen gewesen, und ich hatte einen großen Bogen um die beiden gemacht, weil ich nicht von Herrn Imhoff auf Conchita angesprochen werden wollte.
Ich hatte mir die Zeit mit Tabea vertrieben. Erst spielten wir stundenlang Mensch-ärgere-dich-nicht. Dann musste ich mit ihr noch ein Puzzle machen, das aus tausend Teilen bestand. Danach war ich so geschafft, dass ich mir eins schwor: Ich würde mich nie mehr bei meinen Eltern darüber beschweren, dass ich keine Schwester hatte.
Was übrigens Omas Idee betraf, so hatte sie kein Wort mehr darüber verloren. Mir war allerdings nicht entgangen, dass sie vor dem Abendessen eine Stunde lang

verschwunden war. Als sie wieder auftauchte, konnte ich mir nicht verkneifen zu fragen: »Wo bist du denn gewesen?«
Sie grinste nur. »Haben wir nicht vereinbart, dass du vorläufig keine neugierigen Fragen stellst?«
Miss Pausbacke kam, mit ihrem Vater im Schlepptau, an unseren Tisch. Meine Begeisterung über ihr Auftauchen hielt sich nach dem heutigen Nachmittag wieder ziemlich in Grenzen.
»Bist du noch nicht müde?«, begrüßte ich sie.
Sie schüttelte den Kopf und gähnte dabei. »Ich möchte doch den Versöhnungskuss von dir und Hugo nicht verpassen.«
In diesem Augenblick wurde Oma vom Kapitän zu einem Walzer aufgefordert. Er sah unheimlich schick aus in der dunkelblauen Uniform mit den glitzernden Knöpfen. Oma zwinkerte uns zu, als sie aufstand.
Kurz danach trudelten Hugo und sein Opa ein. Ich winkte Hugo zu, aber er nickte nur flüchtig in meine Richtung. Trotzdem war ich entschlossen, unsere kleine Missstimmung so schnell wie möglich zu bereinigen.
»Na los, tanz mit ihm«, sagte Tabea. »Und ganz eng. Und dabei müsst ihr euch küssen. Das macht meine Schwester auch immer so.«
Genervt stand ich auf und ging zu Hugo.
»Na, wie sieht's aus?«, erkundigte ich mich. »Hast du Lust, mir ein bisschen auf den Füßen rumzulatschen?«

Er schüttelte den Kopf. Sein Opa betrachtete seine Fingernägel. Kurz entschlossen griff ich nach Hugos Hand und zog ihn vom Stuhl. Ich dachte, er würde sich wehren, aber er folgte mir tatsächlich auf die Tanzfläche. Die Paare ringsum belächelten uns.
»Warum grinsen die so dämlich?«, knurrte ich. »Die meisten hier tanzen doch so elegant wie Nilpferde.«
Hugo konzentrierte sich auf seine und meine Füße und schwieg.
»Gibt's was Neues?«, fragte ich, um ihn irgendwie aus der Reserve zu locken.
»Ja. Eben ist der Detektiv vor meiner Kabine rumgeschlichen. Er hat durchs Schlüsselloch geguckt.«
Ich grinste, weil ich dachte, Hugo wollte mich auf den Arm nehmen. Wenn ich geahnt hätte, was los war, hätte ich bestimmt im Eiltempo den Europa-Salon verlassen und mich im hintersten Winkel der »MS Hermes« versteckt!
Ich schaute hinüber zu Hugos Opa. Er hockte wie ein Klotz an seinem Tisch und stierte vor sich hin.
»Was ist denn nun wieder mit deinem Opa los?«, fragte ich.
»Überhaupt nichts mehr«, seufzte Hugo.
Der Tanz war vorbei. »Komm, wir verziehen uns, bevor der nächste losgeht«, schlug Hugo vor. Plötzlich aber machte er ein total überraschtes Gesicht und deutete auf die Bühne. Ich drehte mich um. Dort oben stand Oma vor dem Mikrophon und räusperte sich.

»Meine sehr verehrten Damen und Herren«, sagte sie dann, und sie klang keine Spur nervös. »Ich möchte Sie um Ihre Aufmerksamkeit bitten. Ein ganz besonderer musikalischer Leckerbissen steht Ihnen nun bevor: Musik aus Andalusien! Dargeboten von einer Sängerin, deren Stimme Sie garantiert nicht so schnell vergessen werden. Wir begrüßen ganz herzlich Conchita Perez.«
Hugo und ich sahen uns sprachlos an, während die Leute zu klatschen begannen. Dann kam Conchita auf die Bühne. Und was trug sie? Eins der bunten Kleider, die ich für Oma in Dover gekauft hatte. In ihrem Haar steckte eine rote Rose. Nach einer kurzen Verbeugung begann sie mit dem ersten Lied.
»Wer ist das?«, fragte Hugo.
»Die Frau, die dein Opa in Funchal kennen gelernt hat.«
»Und warum steht sie hier auf der Bühne?«
»Oma hat sich diesen Auftritt ausgedacht«, sagte ich. »Das soll die Entschuldigung dafür sein, dass ich ein Versprechen nicht gehalten habe.«
»Hä?« Hugo verstand überhaupt nichts mehr.
»Ich erklär's dir später«, sagte ich und fing ein breites Grinsen von Oma auf.
Danach wanderte mein Blick zu Hugos Opa. Er guckte nicht besonders fröhlich in Richtung Bühne. Aber als das erste Lied vorbei war und der Applaus einsetzte, versuchte er Conchita zuzuwinken.
Ich kehrte zusammen mit Hugo an unseren Tisch zu-

rück. In der Nähe stand der Kapitän, umringt von Schiffsoffizieren, die lebhaft auf ihn einredeten. Vielleicht wollte er wissen, was da los war. Ob er erkannt hatte, dass da eine der Büglerinnen auf der Bühne des Europa-Salons stand? Egal, jedenfalls klatschten er und seine Männer genauso begeistert wie die anderen Zuhörer, wenn Conchita ein Lied beendet hatte.

Der Auftritt dauerte ungefähr zwanzig Minuten. Nach einer tiefen Verbeugung wollte Conchita die Bühne verlassen, aber der Applaus war so gewaltig, dass sie noch zwei Zugaben singen musste.

Nach dem letzten Ton stand Herr Imhoff auf und kam zu mir.

»Das war *deine* Idee, stimmt's?«, fragte er mich, wobei seine Augen ganz seltsam funkelten.

Miss Pausbacke, unsere Spezialistin in Sachen Liebe, zeigte auf ihn und flüsterte mir ins Ohr: »Der ist ja total in die Sängerin verknallt!«

Ich kam nicht dazu, etwas darauf zu erwidern. Denn jetzt rief jemand: »Ruhe! Darf ich kurz um Ruhe bitten?«

Sofort erkannte ich die Stimme. Sie gehörte dem Detektiv. Er stand neben Conchita auf der Bühne und hatte ihr das Mikrophon aus der Hand genommen.

»Herr Kapitän, meine Damen und Herren – ich muss Ihnen eine wichtige Entdeckung mitteilen und Sie um Ihre Mithilfe bitten. Seit Beginn der Kreuzfahrt sind zwei blinde Passagiere hier an Bord.«

Im Saal brach Getuschel aus. Tabea und ich wechselten einen entsetzten Blick. Wir hatten die gleiche Idee: sofort und möglichst unauffällig verduften! Doch daraus wurde nichts. Wir hatten uns kaum drei Meter vom Tisch entfernt, als der Schnüffler rief. »Halten Sie die beiden Mädchen fest!«

Wir blieben stehen und spürten, wie wir von Blicken festgenagelt wurden. Der Detektiv wies auf uns und verkündete: »Ich wusste, dass ich sie kriegen würde!«

Der Kapitän, der direkt unterhalb der Bühne stand, schüttelte ungläubig den Kopf. Ruhig sagte er: »Können Sie mir verraten, was hier eigentlich los ist?«

»Sie möchten Beweise sehen? Bitte schön!«

Der Detektiv griff in seine Jackentasche und holte mehrere durchsichtige Plastikbeutel heraus.

»Hier, sehen Sie: Hundekot, haufenweise.«

»Packen Sie das eklige Zeug weg«, sagte der Kapitän und rümpfte die Nase. »Was haben die Mädchen damit zu tun?«

»Greifen Sie der Kleinen in den Rucksack, dann wissen Sie, von wem die Haufen sind. Der eine blinde Passagier ist nämlich ein Hund. Und er befindet sich in dem Rucksack, den dieses Mädchen da Tag und Nacht mit sich herumträgt.«

Der Kapitän zögerte, doch dann ging er zu Tabea, die wie versteinert dastand, öffnete ihren Rucksack, griff hinein – und holte den Stoffhund heraus, den Hugo Goethe auf den Azoren geschenkt hatte. Unter allgemeinem Gelächter hob der Kapitän das Stofftier in die Luft und fragte den Schnüffler: »Ist das Ihr blinder Passagier?«

Der Detektiv war dermaßen von den Socken, dass er kein Wort rauskriegte. Und ich machte ganz schnell Tabeas Rucksack zu, damit Goethe nicht auf die Idee kam, sein Versteck zu verlassen.

»Und was ist mit dem zweiten blinden Passagier?«, wollte der Kapitän wissen.

Sofort richtete der Schnüffler einen Finger auf mich und sagte klar und deutlich: »Das Mädchen mit den langen braunen Haaren hat nichts an Bord der ›MS Hermes‹ zu suchen.«

Er holte die Passagierliste aus der Jackentasche und faltete sie auseinander. »Auf der Liste steht kein Mädchen ihres Alters. Warum wohnt sie trotzdem in der Kabine von Hugo Imhoff?«

Der Kapitän sah mich an und fragte: »Kannst du mir das erklären?«

So, nun war ich geliefert. Es hatte mich also doch noch erwischt. Ich zupfte an meinem T-Shirt herum und schaute auf irgendeinen Punkt an der Wand.

»Kannst du uns das erklären?«, wiederholte der Detektiv von der Bühne herunter.

Ich wollte gerade den Kopf schütteln, als sich Hugos Opa mit lauter Stimme zu Wort meldete.

»Ich kann das erklären!«, dröhnte er. »Ich habe eine Doppelkabine für meine beiden Enkelkinder gebucht.

Und warum steht nur mein Enkelsohn auf der Liste?« Er wandte sich an den Kapitän. »Das sollten Sie *mir* vielleicht mal erklären.«
Der Kapitän zuckte ratlos mit den Schultern und warf dem Detektiv einen vernichtenden Blick zu.
»Ich hoffe, dass Sie sich für diesen Zwischenfall bei meiner Enkelin entschuldigen werden«, sagte Herr Imhoff würdevoll zum Kapitän. Ich wäre in diesem Moment am liebsten im Boden versunken.
»Hat mein Opa das nicht toll gemacht?«, tuschelte mir Hugo zu.
Ich nickte. Nachdem ich mich wieder eingekriegt hatte, flüsterte ich zurück: »Hat meine Oma das nicht toll gemacht?«
Ich zeigte auf Conchita, die immer noch auf der Bühne stand.
Der Kapitän kam auf uns zu und gab Tabea den Stoffhund zurück. Dann sagte er zu mir: »Ich möchte mich also hiermit für das Versehen unseres Schiffsdetektivs entschuldigen.«
»Schon gut«, erwiderte ich mit meinem großzügigsten Lächeln.
»Hast du vielleicht irgendeinen Wunsch, den ich dir erfüllen könnte?«
Darüber dachte ich nach. Zwei Tage lang. Dann fiel mir was ein.
Tja, und damit sind wir …

Wieder am Ende

Eigentlich ist es doch ein bisschen langweilig, so allein in einem Boot rumzusitzen. Mittlerweile hab ich angefangen, die Sterne über mir zu zählen. Das lenkt mich von den Haifischen ab, die sich immer noch um mich herum tummeln. Der Kapitän hat mir vorhin versichert, dass die Viecher viel zu ängstlich sind, um ein Boot anzugreifen. Trotzdem fühle ich mich nicht sehr wohl in meiner Haut. Es juckt mich in den Fingern, die Signallampe aus meiner Tasche zu holen und das Zeichen zu geben, damit man mich wieder an Bord holt. Hoffentlich ist bloß kein Hai auf die Idee gekommen, das Tau anzuknabbern, das mein Boot mit der »MS Hermes« verbindet!

Ich werfe einen Blick auf die Uhr. Was? Erst seit einer halben Stunde bin ich hier draußen! Mit meiner großen Klappe hab ich dem Kapitän erklärt, ich wollte die ganze Nacht in dem Boot verbringen. Daraufhin hat

Hugo gestichelt: »Wetten, dass du es nicht mal 'ne Stunde aushältst?«

Warum war ich nur so blöd, auf diese Wette einzugehen?

Wenn ich vor Sonnenaufgang aufs Schiff zurückkomme, muss ich Hugo einen Schal stricken. Dabei hätte sein Opa Geld genug, um ihm eine ganze Schalfabrik zu kaufen.

Inzwischen hat Hugo ihm übrigens von dem Internat in Düsseldorf erzählt. Sein Opa will sich darum bemühen, dass er dort angemeldet wird.

Wie die Sache mit Herrn Imhoff und Conchita weitergeht, ist unsicher. Auf jeden Fall geht sie weiter. Den gestrigen Abend haben die beiden zusammen in der Clipper-Bar verbracht. Hugo, Tabea und ich haben sie dort eine viertel Stunde lang beobachtet. Danach wollte Miss Pausbacke an ihren Tisch gehen und sie auffordern, sich endlich zu küssen. Hugo und ich konnten sie im letzten Moment daran hindern.

Oma ist natürlich erleichtert, dass ich keine Angst mehr haben muss. Wer uns irgendwie Leid tut, ist der Detektiv. Im Grunde hat er ja schließlich gute Arbeit geleistet, und trotzdem kann sich der arme Kerl nicht mehr aus seiner Kabine trauen, ohne ausgelacht zu werden. Vielleicht sollten wir ihm am letzten Tag vor seiner Tür ein kleines Abschiedsgeschenk hinterlassen: den Stoffhund von Goethe.

So, und jetzt reicht's mir! Ich hab fast fünfhundert

Sterne gezählt und bin so müde, dass ich kaum noch die Augen aufhalten kann. Ich greife nach der Signallampe und gebe das verabredete Zeichen. Mist, Wette verloren!
Immerhin kann ich mich damit trösten, dass ich demnächst im Guinness-Buch der Rekorde stehe. Hugo kriegt nämlich von mir den kürzesten Schal, der je gestrickt wurde.